天一阁·月湖文丛

宁波市天一阁·月湖景区管理办公室组织编纂

《云石会传奇》校注

（清）包燮 撰　张萍 校注

文化艺术出版社
Culture and Art Publishing House

图书在版编目（CIP）数据

《云石会传奇》校注 / (清) 包燮撰；张萍校注. —
北京：文化艺术出版社，2024.7
ISBN 978-7-5039-7564-6

Ⅰ.①云… Ⅱ.①包… ②张… Ⅲ.①传奇剧(戏曲)
—剧本—注释—中国—清代 Ⅳ.①I237.2

中国国家版本馆CIP数据核字(2023)第246389号

《云石会传奇》校注

撰　　者　（清）包　燮
校 注 者　张　萍
组织编纂　宁波市天一阁·月湖景区管理办公室
责任编辑　赵吉平
责任校对　董　斌
书籍设计　姚雪媛
出版发行　文化艺术出版社
地　　址　北京市东城区东四八条52号（100700）
网　　址　www.caaph.com
电子邮箱　s@caaph.com
电　　话　（010）84057666（总编室）　　84057667（办公室）
　　　　　　　　84057696—84057699（发行部）
传　　真　（010）84057660（总编室）　　84057670（办公室）
　　　　　　　　84057690（发行部）
经　　销　新华书店
印　　刷　国英印务有限公司
版　　次　2024 年 10 月第 1 版
印　　次　2024 年 10 月第 1 次印刷
开　　本　880 毫米 × 1230 毫米　1/32
印　　张　10.5
字　　数　202千字
书　　号　ISBN 978-7-5039-7564-6
定　　价　128.00元

新刻出像傳奇雲石會

本衙藏板

梓杯劉若未行

◆《云石会传奇》书名页书影

雲石會傳奇跋

行先零齋於舟泉武紫芳票影真詮以入定

出定者何異慶雌蜆ゝ標顛乎為作為子

冬衣衫墊耳予性浮埋自選名搜詩徵歌結

友之外參断以者丙申冬十月大興簡季白溪四

明末聚賑於其伯氏維山署中撥餘子調月

拈燈影不里眼一齣予歪填詞頗辯徧氏曲未

迤耳目詢其以自道秀文左先生洗雲石佳

朱序一

◆《〈云石会传奇〉跋》书影

惕三道人　編次

肉芝先生　訂閱

第一齣

[末扮筆上]

生有慶后僻宛作掌山神口聖乃宋朝

召因庚青韻

狂士朱元章是也因僚生平慶召上帝憐我狂才

就封俺為海嵠大仙掌管天下慷召奇山這官兒

好不風流好不權要可惱邳織女兒支機一塊頑

召只因織女七夕會合他也就思凡起來走到下

◆《云石会传奇》第一出书影

窮神樣委實堪憂〔老旦〕好說〔生〕小生告辭了愁秋陰

〔老旦〕下窗晚容過墻盻斜陽三三兩兩都在鴈衣偷浪

〔老旦〕相公回去切莫掛懷〔生〕多謝姑姑

集唐

避地掩留已自悲　成名空羨里中兒

每嘆世事長多事　重到禪關是幾時

第六齣

截句　尤侯韻

〔淨扮老僕上〕垂老難離主幸勤作老奴守儒無進

業紫米獨支吾自家乃杜相公宇下一個蒼頭便

是俺自幼在老相公手中從邪兩個老人家亡過

◆《云石会传奇》第五、六出书影

序

　　宁波，又称明州、四明、甬城等，是座水上的城市。纵横交错的天然河网，和唐代疏浚的日、月双湖，繁衍出三江平原上开阔的水乡格局。导水引流，织水成城，于是有了"三江六塘河，一湖居城中"的自然之境。

　　月湖是明州的母亲湖，在湖畔有一块神奇的自然之石。岩石孤零零隆起，胎结锡山，与四明山一脉相连。石头虽小，在江湖川原之间，真有山峰突出之势。石头不高，却吞吐天地，每当阴雨，石上云气舒卷萦聚，堪为奇观，因此名为"云石"。清代李立群曾有《云石歌》，赞其："云石之云高接天，云石之石仅一拳。每当阴雨氤氲布，妙绝此景难言传。"一块小石，以其山脉天成的地质特征，成了绝妙风景，弥补了明州城有水无山的缺憾。城市气脉接通了天地云壤，有了水之韵，有了山之趣，于是在"智者乐水，仁者乐山"的文化理想中，城市的自然景观具有了真正的人文之境。

从唐宋以降，在月湖的十景之间，世家名宦、鸿儒硕学留寓定居，山水毓秀，文脉粲然。自然之美与人文之盛将明州塑造成了"浙东邹鲁"。云石之功，不可谓不大矣。不过，千百年的沧海桑田，云石因其小，多次沉埋地下，最终再难见其踪迹。清代顺治年间，云石一度被路面土掩，埋没在四明城屋舍墙角间。官员乔钵亲自访寻，洗石筑亭，宁波府大量的官员、文士、遗民，争相酬和，成为一时盛事。明州数百年的自然胜境、人文胜境，在云石的有无之间，更加突显出与地方社会群体在精神层面的因缘，"云石"也成为宁波千年城市文化最突出的印象记忆之一。

包燮创作的《云石会传奇》，即是应乔钵之请，回应云石盛事的戏曲作品。剧作取材于《佛祖统纪》《宁波郡志》《省心录》等文献中所记录的佛化哑女、杜生冤案的故事，通过落魄才子杜言与才女影云因续诗而成冤案，在维卫佛的点拨下，最后情归空幻。剧作对于诗歌续答所包含的"情之有无"的内容设定，以及围绕影云生死真幻而出现的寺观场景、超度场面、停灵开棺等情节，甚而对《邯郸记》等戏文的征引，都能够看到由汤显祖创作"临川四梦"所开启的"情"旨，对清初戏曲创作的持续影响。

剧作家用"文人幻笔，妙有千钧"的艺术构思，将宋代佛教传说和明代公案题材，升华为彰显明州文化底蕴的传奇故事。剧中的云石，当然是明州众水之间的那座"山"，但是剧作家借平生痴好玩石的米芾之口，为它塑造了神奇的缘起，称它是织女七夕相会时，因思凡而被贬到四明城的一片美石。剧作通过屈居下潦的文人杜言，因一首诗歌的断续吟咏而惨遭牢狱之灾，为"云石"这块带着原罪的石头，赋予了隐显流离、穷通变化的生命质感。而剧作通过地方官员乔因阜的公正孤高，展示他平反冤案、铸像奉佛等文化功德，这个人物当然隐含着与云石盛事的倡导者乔钵的对应。这些艺术处理，既有剧作家的个人身世之感，也有其时代社会之思；既有对云石盛事的纪胜写实，也有对地方生活的灵心妙会。应该说，一部传奇浓缩了明州的自然人文积淀，完成了对宁波城市文化品格的艺术创造。

云石，在今天高度现代化的宁波城中，已经难觅踪影，甚至三百多年前的云石盛事，也基本被淡忘，只有"云石街"等街巷名字，还残存着相关的文化信息。宁波大学张如安、张萍二位学者广泛搜求与宁波相关的文人戏曲，对宁波戏曲文化的传承发展起到了积极的推动作用。宁波市天一阁·月湖景区管理办公室致力于千年月湖文化的挖掘传承，撰文引起了社会各界的广泛关注。景区管理办公室还特别邀请张萍副教授对《云石会传奇》及其相关文献进行辑录校勘，让三百多年前的云石盛事及其间的人物、诗文完整呈现，让曾经凝结在明州山水之间的文化观念重辉，这显然对明州文脉的发掘、绵延与弘扬，有着重要的价值。

曾经的云影灵石，在山水变迁中或存或废，曾经的文人诗语，在时尚变迁中或隐或现，后世的解人总能在一次次的发现中，让曾经的传奇叠加成今天的故事。这应该是真正的传承。随着《〈云石会传奇〉校注》的出版，关于"云石"的发现应该还会继续，这不仅关系着宁波城市历史的再发现，还关系着今天生活于此的人们及其文化品质的再创造。

王馗

中国艺术研究院戏曲研究所所长、中国戏曲学会会长

校注整理说明

一、《〈云石会传奇〉校注》的底本，为北京图书馆（今国家图书馆）藏清康熙刻本《新刻出像传奇云石会》，当时收入《乔氏丛刻五种》，后《古本戏曲丛刊五集》据以影印。书中署"惕山道人（按：包燮）编次""肉芝先生（按：乔钵）订阅"。卷首有山阴朱益采跋、会中人蕊泉庵头陀（按：闻性道）序、乔钵《〈云石会〉因》，并有插图二十四幅。本次整理将序、跋原有顺序加以调整，择取部分插图穿插放置在对应出目中。底本第一出至第十八出为上卷，第十九出至第三十六出为下卷，今将上下两卷合一。或谓本剧另存傅惜华旧藏清顺治间刻本，未见。

二、凡改正底本，一般都作校记，在每出后标示。因原书以孤本传世，校勘时，多结合上下文意等辨讹、释疑。

三、除标点校勘外，本次整理对序跋及全剧中难解的字词、涉及的人名地名及相关典故、传奇剧本的相关体制等，也进行了注释。

四、底本作大字的曲辞正字与出后集唐诗句，整理后使用较粗字体；宾白与曲辞所夹带白、衬字，使用正文字体；科介等舞台提示，使用小字号，并加括号，以示区别。底本每一出出目后，均注明本出曲辞所用韵部，本次整理予以保留，以小字号加括号标示。

五、为便于当代读者阅读理解，原剧中的繁体字通改为简体字。异体字、通假字，常见且易起歧义者均径改为正字，如作"沉"意之"沈"，作"早"意之"蚤"，作"间"意之"閒"，作"哪"意之"那"，作"倒"意之"到"，作"得"意之"的"，作"她""它"意之"他"，作"账"意之"帐"等。"摩娑""狼籍""芙容"等较为通用的异形词，不易造成误解，予以保留，不复出注；不常见者，予以保留并出校记说明。人名中的异体字，如"暎月"之"暎"，仍予以保留，以示对原本的尊重。

六、本次整理，亦从相关方志、宗谱、明清别集等乡帮文献中汇辑了包燮生平资料、现存诗词，选编了历代云石故事、哑女传说、云石诗等作为附录，以备读者利用。

张萍于宁波大学

目 录

序 / 1

校注整理说明 / 6

《云石会传奇》序、因、跋

《云石会传奇》序 / 3

《云石会》因 / 9

《云石会传奇》跋 / 11

云石会

第一出 石因 / 17

第二出 别石 / 21

第三出 佛降 / 25

第四出 学诗 / 31

第五出 示惨 / 36

第六出 截句 / 42

第七出　续吟　/　48

第八出　诉妹　/　54

第九出　疑诗　/　57

第十出　诘诗　/　61

第十一出　先度　/　67

第十二出　悟石　/　71

第十三出　控府　/　76

第十四出　狱成　/　79

第十五出　省诉　/　84

第十六出　魂啼　/　87

第十七出　友谊　/　94

第十八出　讲书　/　99

第十九出　出狱　/　107

第二十出　释贤　/　111

第二十一出　呼尼　/　119

第二十二出　录科　/　122

第二十三出　招魂　/　132

第二十四出　体报　/　138

第二十五出　洗石　/　140

第二十六出　决志　/　149

第二十七出　示寂 / 153

第二十八出　送葬 / 158

第二十九出　幻道 / 163

第三十出　舟遇 / 166

第三十一出　入寺 / 171

第三十二出　化铜 / 176

第三十三出　空访 / 181

第三十四出　海儆 / 185

第三十五出　疑释 / 190

第三十六出　圆石 / 200

附　录

一、包燮生平资料汇编 / 215

二、包燮现存诗词汇辑 / 226

三、历代云石故事、哑女传说 / 260

四、云石唱和诗 / 284

主要参考文献 / 300

后记 / 304

《云石会传奇》序、因、跋

《云石会传奇》序

闻性道 [1]

乔子 [2]，异人也。忆余"半天霜重压星河，零落梅花入酒多"之句乎？时在庚寅 [3] 冬暮之七日。是夕也，松声流地，篴 [4] 韵逼空，偕二三饮徒，浮白高歌，征古迹之漫灭者。余谓："眼前数朵云，胸中一片石，藏之久矣，为诸君下酒可乎？"乔子振衣而起，喜色漾杯盎间，促余言实。余曰："白檀之左，鉴水之东，有山累累，有霭 [5] 蒙蒙。惜墙囚而屋折，孰探趾而搜峰？"乔子大啸，曰："明城碧源千沤，正少苍岩一抹。颠生有缘，非袖中物邪？"呼童预具袍笏，终夜狂思，恍置身丘壑间。质明 [6] 忽雨，又慨然曰："天作时雨，山川出云，正可冒雨寻云，披云问石。"因同余至其处，摩娑瞻拜，不忍别去，各纪一诗。

辛卯⑦上元，檄群英，沥斗酒，大会宝云僧院，思欲构亭涯池以供石，而先为石洗尘。一时名作如林，石方遍著人人之口。然晦迹民庐，负顽不鬻。考诸郡志，约略数言，莫详其緌⑧。适有耆旧为余言，其名昉⑨于杜生。生名言，字文仙。事载余僧杲太常⑩《省心录》，所述娓娓可据，即其口授。家伯氏与同⑪遂纂起缘，以质乔子。乔子更思作传奇，以传不朽。时余遭大母丧，不敢填词。因以杜生及哑女事，属余友芦中人包子⑫，为之攮奇合髓。不出芦中一月，剖锦莲，撷紫茨，葭管松簧，宫商盈轴，颜曰《云石会》。读之，弥三十有余。刻始卒业，乔子乃大愉快，亟命优人集习。逾旬秋孟，技成告演。而此石之庐，忽获售于其主。因叹畴昔张司马⑬之才力，戴郡公⑭之德威，而徒记空文，虚拟标榜，究没寒烟残溜⑮，又百年余矣。今一旦显之弱吏之手，乔子真异人哉！

或谓哑女迹在宋，而云石事居明。哑女止与交于宋之周廉彦锷⑯，而不及于明之杜文仙与乔文宗因皋⑰。芦中人挈而为一，无乃不可。嗟乎！一过去之维卫也，忽而为戒香之哑女，忽而为传书之道人，又忽而为化铜之老尼。安知不忽而度周廉彦，忽而度杜文仙，忽而度乔文宗？又安知不忽而度影云，忽而为帚、为云石也？维卫是，则哑女非矣；哑女是，则道人、老尼非矣；廉彦是，则文仙、文宗非矣；影云是，则帚与云石非矣。嗟乎！宁知维卫无异哑女耶？道人无异老尼耶？廉彦无异文仙，无异文宗耶？影云无异帚与云石耶？又宁知亦非维卫，亦非哑女耶？亦非道人，亦非老尼耶？亦非廉彦，亦非文仙、文宗耶？亦非影云，亦非帚与云石耶？又宁知维卫亦是，哑女亦是耶？道人亦是，老尼亦是耶？廉彦亦是，文仙文宗亦是耶？影云亦是，帚与云石亦是邪？知其非，则宋时已非；知其是，今日又何不是？又安知今不有维卫与哑女耶？今不有道人与老尼邪？今不有廉彦与文仙、文宗耶？今不有影云、帚与云石耶？

乔子近诗云："披衣夜起三更后，独立花阴月影移。悄然不敢扪心腹，四顾无人我是谁？"蕊泉[18]曰："披衣压倒月影，独立搅乱花阴。四顾还知有我，悄然怎说无人？"咄哉！直待星河霜重，零落梅花，此处寻本来面目。乔子，异人也。请观是剧，是谁是我？是人是谁？

会中人蕊泉庵头陀著书在辰夔之北窗雨声中。

注 释：

① 闻性道：字天乃（文献多作"天迺"写法，有研究者误作"天遁"），自号蕊泉。宁波鄞县（明代以来，鄞县辖境大致相当于今宁波市海曙区、鄞州区及江北区部分地区，闻氏出生地在今海曙）人，生员。主修《天童寺志》，与兄闻性善共辑《贺监纪略》四卷。康熙二十二年（1683）纂《鄞县志》。民国陈训正撰《鄞县通志人物编》卷三《文学》有传。

② 乔子：指乔钵，字文衣，又字叔继，号剑史、肉芝先生。直隶内丘（今河北内丘县）人。明贡生。顺治四年（1647）至顺治九年（1652）任宁波府经历，康熙（1662—1722）时官剑州知州。著有《乔文衣集》8卷，其《野语》《苦吟》，与闻性道合撰之《蕊泉庵读乔子海外奕心》，补订之《毛诗乐府》并包燮《云石会传奇》，一同收入《乔氏丛刻五种》。在宁波任职时，曾得奇石于月湖东宝云寺侧。生平详见魏裔介《兼济堂文集》卷十七《四川剑州知州文衣乔公墓志铭》。

③ 庚寅：顺治七年（1650）。

④ 篴：同"笛"。

⑤ 霱（yù）：彩云，瑞云。

⑥ 质明：天刚亮的时候。

⑦ 辛卯：顺治八年（1651），《云石会》传奇撰于此年。

⑧ 繇：同"由"。

⑨ 昉：日初明，引申为起始、起源。

⑩ 余僧杲太常：余寅，字君房，晚年改字僧杲，鄞县人（其生地今属宁波海曙）。明万历八年（1580）进士，官至太常寺少卿。这里提及其所著《省心录》今未见。

⑪ 与同：闻性善，字与同，号响岩。鄞县人（其生地今属宁波海曙），闻性道之兄。

⑫ 芦中人包子：包燮（1620—1688年后），字惕三，号惕三道人、夕斋、芦中人，鄞县人（其生地在宁波江东一带，今属鄞州）。明末诸生。少工诗，善鼓琴，能度曲。曾赋《明月词》，人称"包明月"。入清后，绝意仕进，以谋食奔走于京洛间，登高吊古，所至有诗。曾居于甬东桃花渡，倦游归，环堵萧然，不废啸歌。著有《夕斋集》《云石会传奇》。

⑬ 张司马：指张时彻，字维静，一字九一，号东沙，鄞县人（其生地今属宁波海曙），四明望族樌湖张氏第十世孙。嘉靖二年（1523）进士，累官至南京兵部尚书。嘉靖三十四年（1555），因倭寇入境为虐而受到弹劾。卸官归里后，执甬上文柄，与范钦、屠大山并称"东海三司马"。著有《宁波府志》《芝园集》等。

⑭ 戴郡公：指戴鲸，字时霖，又字时鸣，号南江。嘉靖二年（1523）进士，官至福建左参议。尝搜集郡乘之遗，辑为《四明郡志征》《四明文献录》。

⑮ 残溜：雨后在房、篷等顶上零星之滴水。

⑯ 周廉彦锷：周锷，字廉彦，北宋明州鄞县人（家住月湖），学者称鄞江先生。经史百家之书，无所不读。元丰二年（1079）进士，调桐城县尉。辞官不赴。过洛阳，见文彦博、司马光，皆器重之。累官至知南雄州。徽宗即位，因上疏言事获罪罢废。崇宁初，入元祐党籍。崇宁五年（1106），叙复宣德郎。著有《明天集》《承宣集》等。

⑰ 乔文宗因阜：乔因阜，字思绵，陕西耀州人。嘉靖辛

酉（1561）举人，隆庆二年（1568）进士，历官南京通政使，浙江督学道。万历初以佥事督学浙江，故称"文宗"。

⑱ 蕊泉：闻性道，自号蕊泉。下文中"蕊泉庵头陀"亦为其自号。

《云石会》因

乔钵[①]

云石何奇而传？传乔子也。乔子何奇？奇乔子之传云石也。乔子既得云石于鉴湖[②]之东，访之构之，洗之咏之，使千秋烟水泊前，忽缀苍山一点。四明风雅之儒争相酬和，其投乔子诗，至专一[③]抄诗吏日弗给[④]，突兀片石，哄然而传矣。乃考云石何以名。一友于余太常《省心录》得杜言一案，始知石旧原无名，因白檀、戒香寺改名宝云[⑤]，石近寺侧，时有云气之异，杜言惟女魂是惧，结庐石上，颜其斋曰"云石"。石得名以此。脱[⑥]杜言者，适亦乔姓，遂谓三生石上，与姓乔者若有因缘。

芦中人包惕三，落拓士也，居甬东之桃花渡。独无诗，人皆异之。一月不出，一出而牵今拉古，扭李揪张，杜言、哑女，一派骷髅，笑哭于纸上。若夫借前乔以影后乔，止用收煞一语，乃知文人幻笔，妙有千钧。噫嘻！剧成矣，久湮怪石得不乘风飞去乎？哑女、杜言，别有本传。

乔子字文衣，号子王，太行山下之蓬丘人。

注　释：

① 乔钵：详见《〈云石会传奇〉序》注②。下文中"乔子"即其自称。

② 鉴湖：即月湖，以贺知章归隐得名，亦称"镜湖""西湖"等。唐贞观十年（636）始凿，太和七年（833）鄮县县令王元暐筑它山堰，引水入城，潴为日、月湖；北宋元祐八年（1093）浚月湖，筑成十洲（东三洲为菊花洲、月岛和竹屿；中四洲为芳草洲、柳汀、花屿和竹洲；西三洲为芙蓉洲、雪汀和烟屿），洲上布楼阁亭榭，植四时花木，遂成胜景。

③ 专一：专门。

④ 日弗给：意即"穷日力且弗给"，整日抄写仍然来不及。

⑤ 白檀、戒香寺改名宝云：白檀寺，位于宁波月湖东南处，唐代大中（847—860）年间建。宋代大中祥符元年（1008），赐"戒香寺"匾额。宋熙宁（1068—1077）年间，有维卫佛现哑女身而为说法、铸铜像事。明初寺废，弘治十三年（1500），因鄞县县学扩建，宝云寺迁往原戒香寺遗址（现云石街一带），并新建了殿宇、方丈和山门。

⑥ 脱：开脱，解脱，指剧中乔因阜为杜言脱罪。

《云石会传奇》跋

朱益采 [1]

行光容裔于丹泉紫芳 [2]、粟影真诠 [3] 以入定出定者，何异处雌蜺之标颠 [4] 乎？若于乔子文衣 [5] 松契 [6] 耳。予性浮休，自选石搜诗、征歌结友之外，无所嗜。丙申 [7] 冬十月，大兴阎季白从四明来聚，晤于其伯氏维山署中，拨弦子调《月枯灯影不思眠》[8] 一出。予在填词颇癖，独此曲未过耳目。询其所自，道乔文衣先生洗云石佳话，为包惕三 [9] 著《云石会》传奇，此第八出《诉妹》排场也。时意中有乔子矣。有乔子而雌蜺之标颠，出详出浅，松契轻云乎哉！迄今六年，云石会隔。

偶罗蒨亭 [10] 出《乔子游草》相示，因忆季白拨调事，告之蒨亭。蒨亭曰："观以 [11] 已知文衣耶！"予笑曰："不知文衣何以为文衣，抑何以为观以？然文衣于观以，观以于文衣，或先于蒨亭耳。"蒨亭曰："若是，子过湖口，必醉饱石钟山水，续云石会矣。"吁嗟乎！石钟虽崭岩垳丘，子瞻后六百余年，崭岩未顽，垳丘未涸，何以石钟？自石钟上下飞篷落之，必待选石搜诗、征歌结友之乔子哉！吁嗟乎！云石于尘埃见拔，况出世之石钟，六百余年而再遇。然则雌蜺之标颠，非行光容裔、粟影真诠辈，悉属饰词，徒令人诵"临觞多哀楚，凄怆动酸辛"，六凿相让，天游阻修。兹快读《云石会》全本，所谓一旦显之弱吏之手者，古今之张司马、戴郡公，犹贤者也，况下于张、戴者乎？乔子结友，予或惭之。征歌则计售焉，当举竹枪木剑，与惕三小战一合，莫非浮休之性，为松契者一质之。

　　山阴朱益采撰。

注　释：

① 朱益采：字观以，浙江山阴（绍兴）人。崇祯时任福建按察司金事，明亡后弃职，入延平府（南平）行医，诗文自娱。著有《到处堂集》二十七卷。

② 行光容裔于丹泉紫芳：饮丹泉，服紫芝，使精神永生

悠然自得。指绝世出尘、修炼登仙者。典出江淹《杂体诗三十首·谢光禄庄郊游》："始整丹泉术，终窥紫芳心。行光自容裔，无使弱思侵。"行光，指神不灭。容裔，即容与，安然逍遥自得的样子。丹泉，仙泉，饮之可以使人长生不老。紫芳，紫芝，仙草。

③ 粟影真诠：指维摩诘，古来盛传为金粟如来之化身。

④ 雌蜺之标颠："上高岩之峭岸兮，处雌蜺之标颠"，出自屈原《九章·悲回风》。雌蜺，虹的一种，古人认为内层色彩鲜艳的虹为雄结，称虹，外层色彩较淡的虹为雌结，称蜺。"雌蜺"亦写作"雌霓"。标颠，最高处，指虹的弓形最上部。

⑤ 乔子文衣：乔钵，字文衣。

⑥ 松契：比喻长青之友谊。

⑦ 丙申：顺治十三年（1656）。

⑧《月枯灯影不思眠》：指《云石会传奇》第八出《诉妹》中【仙吕引子】【一剪梅】"月枯灯影不思眠，心在花前，人在花前"之曲。

⑨ 包惕三：包燮，字惕三，又号惕三道人。

⑩ 罗葇亭：罗圻彦，福建闽县（福州）人，曾任江西安福县知县，能诗。葇亭为其字号。

⑪ 观以：本跋文作者朱益采，字观以。

云石会

惕三道人 ①

编次

肉芝先生 ②

订阅

① 惕三道人：包燮之号。

② 肉芝先生：乔钵自号，用王乔上仙吞食北邙山肉芝子之典。

第一出 ^① 石因 (庚青韵)^[1]

（末^②袍笏上）生有爱石僻^③，死作掌山神。小圣乃宋朝狂士米元章^④是也。因俺生平爱石，上帝怜我狂才，就封俺为海岳大仙，掌管天下怪石奇山。这官儿好不风流、好不机要！可恼那织女儿支机一块顽石^⑤，只因织女七夕会合，它也就思凡起来，走到下界化成一片美石，使我老米抱眠三日。这也罢了。但我老米一时颠狂，具了袍笏拜它，它却公然不动。昨日将簿子一查，才知就是这块顽石。可恨可恨。我已奏闻上帝，仍旧将它谪下尘凡，打在四明城里，压于屋墙之下。待它三千罪满，那时再叫王乔上仙^⑥领维卫尊佛^⑦法旨，超度它升天。今日上帝玉音已下，不免叫五丁力士^⑧出来分付^⑨则个^⑩。五丁力士哪里？

（净[11]扮五丁力士跳舞上）上圣有何差遣？

（末）你与我把这块石头打落在四明城中，民屋墙底下压着，不许有违。

（净）领法旨。（率众作移石介[12]）众山神土地何在？

（丑[13]扮土地上）上圣有何差遣？

（末）汝等当用心看守此石，不得令它飞去。

（丑）领法旨！

（末作批石介）白云一缕斜封住，再着烟霞护几重。不许抬头窥五岳，王乔有日驾天风。（齐下）

【渔家傲】[14]奇石一拳天地小，片云不放千秋宝。尘蒙欲倩东风扫，何时了、樽前酒色临春草？　行处不知眠处老，人生有几昏和晓？贺家明月归来早，凭谁道、一湖都付渔家傲。

【汉宫春】[15]杜子名言，为影云续句，竟尔缠绵。追悔不堪严父，欲赴流泉。幸逢佛，度假尸骸，哭葬秋烟。丘山案，把杜郎成狱，缘事一生员。　遭际乔公试士，感啼词夜月，声放儒贤。后喜杜言得第，哑女窥船。待发棺、看偈共惊，帚作影娘眠。真身现，乔公送佛，说法石云边。

校　勘：

[1] 庚青韵：此剧每一出题名后，均注明此出曲辞所用韵部。但本出中出现的两曲皆非庚青韵，【渔家傲】为萧豪韵，【汉宫春】为先天韵。

注　释：

① 出：中国戏曲传奇剧本体制，相当于元杂剧的"折"或现代戏剧中的"场"。传奇剧本篇幅较长，一般在31出到50出之间。每一出结束，角色下场时多有下场诗。

② 末：戏曲脚色名，一般扮演年纪较大的男子。传奇第一出一般由副末开场，本剧由末开场。末袍笏上，指末穿袍、持笏板上场。

③ 僻：同"癖"。

④ 米元章：米芾，字元章，号鹿门居士、海岳外史等，人称米南宫。精鉴赏，善书画，为北宋四大书法家之一。多有狂言异行，时人称作"米颠"。米芾嗜石，在无为州为官时，听闻某处有奇石，即命左右取袍笏，整衣饰冠前往观瞻，并对奇石再三揖拜，口呼"石丈"。

⑤ 支机一块顽石：支机石，天上织女用以支撑织布机的石头。

⑥ 王乔上仙：王子乔，古仙人，相传为周灵王太子晋。好吹笙作凤凰鸣，被道士浮丘公接引入嵩山修炼，三十余年后，乘白鹤驻山头，举手向世人告别，升天登仙而去。

⑦ 维卫尊佛：佛经记载，娑婆世界过去曾有七位佛，维

卫佛是第一位佛（释迦牟尼是第七佛）。

⑧ 五丁力士：又称"五丁"，蜀国开明王朝时对徭役负担者的称呼，后来传说为五个力士，有万钧之力，能徙山移石。

⑨ 分付：同"吩咐"。

⑩ 则个：语助词，用在句子结尾，以加强语气。

⑪ 净：戏曲脚色名，一般饰演粗鲁豪放或奸邪歹毒的男子。

⑫ 介：戏曲术语，即动作、表情、舞台效果等的提示。

⑬ 丑：戏曲脚色名，多扮演滑稽之喜剧人物，或奸诈丑恶之反面人物。

⑭【渔家傲】：此曲介绍创作缘起。

⑮【汉宫春】：此曲介绍剧情梗概。

第二出　别石（寒山韵）

【仙吕引子】【鹊桥仙】(生①衣巾上) **恨与琴删，愁呼酒幻，牛背上眼光斜看。奈②笔枯花影梦魂单，送不去醒来一叹。**

【柳梢青】③旧日儒家，当年物望，杜甫堪夸。乱后身轻，贫中骨重，心在烟霞。　飘零一剑，天涯愁恨里，西风渐加。瘦入青衫④，寒侵白版⑤，雁逼秋花。

小生杜言，字文仙，本贯明州人氏⑥，世居白檀寺⑦侧。城中鉴湖⑧一曲，占断千古风流，但只有水无山，每动词人感慨。不知原有一山，就在白檀左侧，下连地轴，暗接蓬莱。宋熙宁年间始露，如拳一块。今渐长的大了，且时有云气氤氲之异。俺先人酷爱此石，遂卜居⑨于此，自号云石山人。一日梦石能言，产下小生，因名杜言。又闻得刘伯温曾言，明州必待此石出现方成风水，不然文人止享浮名，商贾亦无实利。不知此石直待何时方有出头日子。近因先人亡过，家业凋零，没奈何将此山房典与邻近人家，小生不便在此居住。有俺先人诗酒旧友郭茂才，现居西郊，小生借得他的西斋，同一老奴暂时栖止。咳！堆云作户，也知云足无根；倚石为屏，谁道石心不转。只得带着苍头⑩，别了云石山房，望西郊外去也。老苍头哪里？

（净）千年世界八百主，两世知交万事亲。（见介）

（生）苍头，快随我到新居去。

（净）相公请行，老奴随后。（行介）

【仙吕入双调过曲】【江头金桂】⑪【五马江儿水】破纸秋风初患，敝裘儿已酿寒，试问江州司马愁泪湿惯⑫，恁⑬书生都欲犯。【柳条金】仅此素茧轻翩⑭，花虫偷泛，早见墨光度彩，粉迹流丹，是先人手遗余玉版。【桂枝香】奈依徊故产，依徊故产，不尽黍离兴叹。附人难，半痕石眼窥人返，一片云心望客还。

集唐⑮　乱离无处不伤情，身贱多惭问姓名。

归去岂知还向月，应怜世故一书生。

注　释：

① 生：戏曲脚色名，明清传奇中的男主角，相当于元代杂剧中的正末，多为青年男子。本剧中"生"饰演男主角杜言，穿戴秀才衣服、头巾上场。

② 奈：曲辞中的衬字，本剧原书中用小字号，以示与正字之区别。李渔《闲情偶寄·演习部》："曲文之中，有正字，有衬字。每遇正字，必声高而气长；若遇衬字，则声低气短而疾忙带过。"衬字的出现使曲辞在格律的固定格式之外，增加了行文和演唱的自由度和灵活性。

③【柳梢青】：这是本出生角的上场诗，不过此处为曲牌体。戏曲角色登场时先念"上场诗"，再自述姓名、籍贯、身份等。

④ 青衫：唐代制度，文官八品、九品服以青。古时学子所穿之服亦称"青衫"。后借以指代书生或官职卑微。

⑤ 白版：自汉以来，官皆有印。授官只用板书而无诏敕印章，称为"白版"，即无诰命之官。与前文"青衫"均为杜言自指目前地位低下。

⑥ 本贯明州人氏：本贯，原籍。明州，今宁波。戏曲人物出场，首先自报家门。

⑦ 白檀寺：白檀寺唐代大中（847—860）年间建；宋代大中祥符元年（1008）赐"戒香寺"匾额；明初寺废；弘治（1488—1505）年间徙建宝云寺于其遗址。剧中故事大约为明代背景，剧中人乔因阜万历（1573—

1620）初任浙江督学道，"白檀寺"的叫法与时称不符，这是传奇剧作虚化历史背景的处理。

⑧ 鉴湖：即月湖。全祖望《余先生借鉴楼记》云："鄞之西湖，以贺秘监尝游息于此，故有小鉴湖之目。"是以贺知章归隐于此而得名。

⑨ 卜居：选择地方居住。

⑩ 苍头：奴仆。

⑪【江头金桂】：此曲为集曲而来的曲牌，由【五马江儿水】【柳条金】【桂枝香】三个曲牌的一部分连缀而成，故名。下文各部分原曲牌用"〖 〗"标示。

⑫ 江州司马愁泪湿惯：出自白居易《琵琶行》"座中泣下谁最多，江州司马青衫湿"，诗中为白居易自称，后世引申为官位不高或失意的文人。

⑬ 恁：这样，那样。

⑭ 翾（xuān）：轻柔地飞翔。

⑮ 集唐：明清传奇每一出结束，剧中人物下场时多会念下场诗；凑集唐代诗人的原有成句成一诗，以显作者才情或点明题旨，称为"集唐"。本剧除第一出之外，每出四句下场诗均采自唐诗，大多数直接引用原句，少数稍有改动。此处"乱离无处不伤情""身贱多惭问姓名""应怜世故一书生"句，出自卢纶《至德中途中书事却寄李僴》"乱离无处不伤情，况复看碑对古城。路绕寒山人独去，月临秋水雁空惊。颜衰重喜归乡国，身贱多惭问姓名。今日主人还共醉，应怜世故一儒生"。"归去岂知还向月"，出自李商隐《促漏》"促漏遥钟动静闻，报章重叠杳难分。舞鸾镜匣收残黛，睡鸭香炉换夕熏。归去定知还向月，梦来何处更为云。南塘渐暖蒲堪结，两两鸳鸯护水纹"，有改动。

第三出　佛降（皆来韵）

（丑扮维卫佛，持帚上）世间何处不尘生，扫到何年扫得清？南北东西无限意，此心能有几人明？某乃过去维卫如来。幻身入寂，往劫难俦；神变周流，慧灯长在。自往自来于大千世界，或潜或隐于所在伽蓝①。你看这风行地上，月在天心，有生咸受其披拂，含识皆睹其光明。只因众生下劣，大地沉迷。明历历常在舌[1]头尖尽力，也吐不出，便吐得出，也是胡饼里呷汁②；圆陀陀只在本身上着狠，也拿不来，便拿得来，只是祇树里攀藤③。豁不开六根污体，消不去三业随身。咳！只这众生真好苦也！这也不在话下。今下界有云石一块，在明州白檀寺侧，出平地如箕，没民屋墙下。此石既非精卫衔来④，亦非申屠负至⑤。

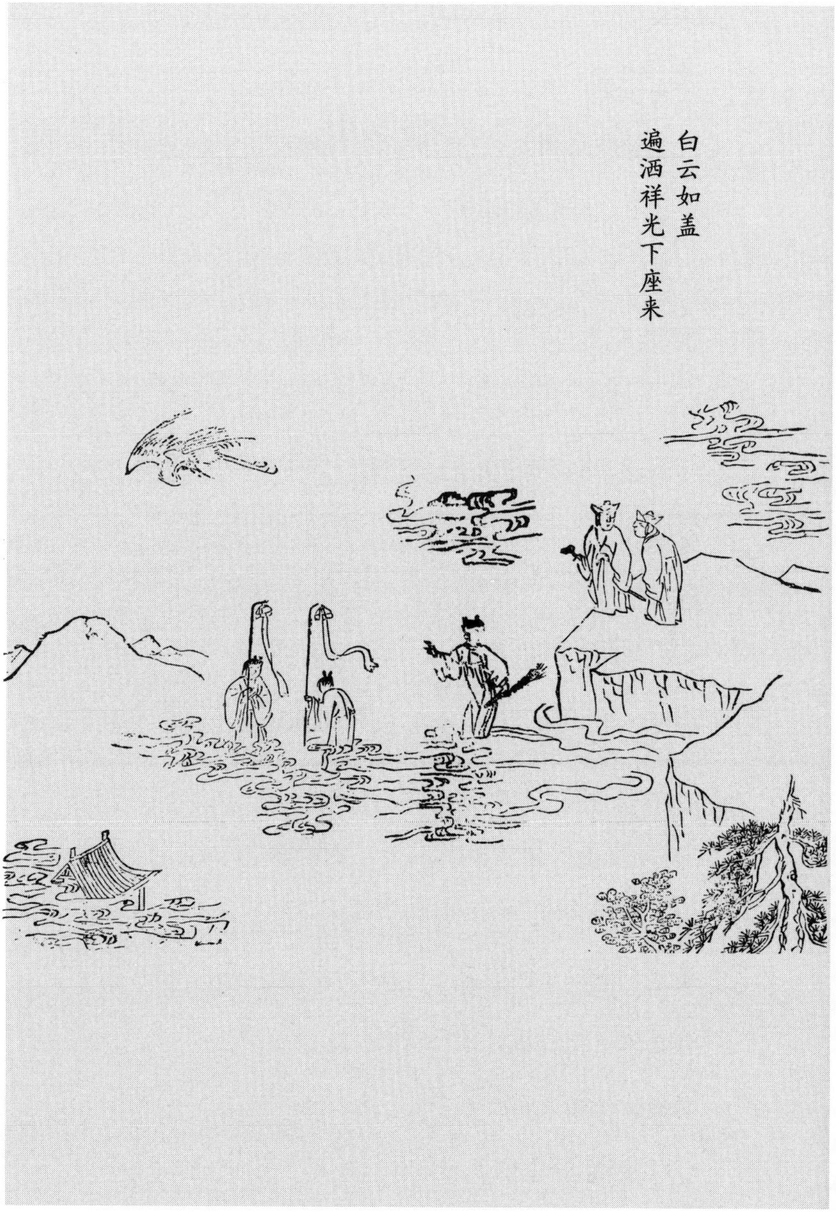
白云如盖
遍洒祥光下座来

床头化女⑥，浪录幽明；天上支机，混传荆楚。但见轻云隐蔽，曾悟点头；不无纤土蒙尘，久虚说法。有杜言等原是天上星辰，偶因微过被谪，日后俱从此石证果⑦。吾当化作哑女，度脱这些人去。道犹未了，早见当来弥勒、现在释迦二位，引着金童玉女前来送俺也。

【黄钟过曲】【出队子】(净弥勒，末释迦⑧，金童玉女引上)**白云如盖，白云如盖，遍洒祥光下座来。天宫七宝玉门开，诸佛相迎下草莱⑨，为度浮沉爱河欲海。**

(见介)闻你今日下凡，救度杜言等，我二人特来相送。

(丑)有劳二位，就此驾起祥云。

【转入正宫】【驮还着】(合)**拥幢幡宝盖，法鼓云开，缥渺金铺，陆离光怪。来此娑婆世界⑩，痛大地沉迷，感动了古如来。慈悲为大，怕恒沙中悟不出声音言外，把偈语儿破人昏聩，休扬彩浪作歪，待跌足垂鬟，把帚儿常带。**

【越恁好】**四明三佛⑪，四明三佛，启山河秀色**

皆几攒，花簇锦将玄卖^⑫，度凡胎。见虽虽^⑬可哀，

见虽虽可哀，却不是乱轰轰胡马儿杀过，尽头遍愁烟

毒霾。单留这明月绛台^⑭，须有日愁云解，毒雾埋，

大地山河改。问尘寰，曾则把佛光常戴。

　　【尾声】倒拈秃帚千钧大，扫尽阎浮^⑮五浊埃，

且妆个蠢女瘖痖^⑯示现来。

　　　　集唐　不是宸游玩物华，老僧相见具袈裟。

　　　　　　　诸天合在藤罗外，远上寒山石径斜。^⑰

校　勘：

[1] 舌：原作"石"，今据上下文意改。

注　释：

① 伽蓝（qiélán）：佛教寺院的通称。

② 胡饼里呷汁：胡饼是炉中烘制的干燥食物，欲在其中
　　饮汁，比喻愚蠢可笑、徒劳无益的行为。《密庵和尚语
　　录》："一出一入，胡饼里呷汁；一擒一纵，开眼做梦。"

③ 祇树里攀藤：指与佛法有缘分。祇树给孤独园，简称
　　"祇树园""祇树"等，相传古印度舍卫城给孤独长者
　　从祇陀太子购得园地，建筑精舍，作为释迦牟尼讲法
　　居住的场所，祇陀太子亦供献园中林木，故名，后以

此代称佛寺以及表示与佛法有关的事物。

④ 精卫衔来：典出《山海经》。精卫原为炎帝之少女，名曰女娃。女娃游于东海，溺而不返，故化为精卫鸟，常衔西山之木石，以湮于东海。

⑤ 申屠负至：申屠，即申徒，指申徒狄，殷商时人，为鄙弃利禄、洁身自好的高士，多次向纣王进谏不被采纳，负石自沉于河而死。

⑥ 床头化女：典出《幽冥录》，阳羡小吏吴龛，于溪中拾一五色浮石，归置床头，至夜化为女子。

⑦ 证果：修行得道。

⑧ 净弥勒，末释迦：净脚饰演弥勒佛，末脚饰演释迦如来佛。

⑨ 草莱：犹草野，指乡野、凡间。

⑩ 娑婆（suōpó）世界：佛教称世人所在的三千大千世界为娑婆世界。

⑪ 四明三佛：宁波素有"四明三佛地"之称，拥有城南戒香寺的维卫佛、阿育王寺的释迦真身舍利、奉化岳林寺的布袋弥勒，三者分别代表过去佛、现在佛、未来佛。一说"四明三佛"为释迦、弥勒、观音（宁波近海的普陀山是观音菩萨应化道场）。

⑫ 玄卖：同"街卖"，叫卖。

⑬ 茧茧：凡人惑乱、纷扰之貌。

⑭ 绛台：本指春秋时晋灵公在晋国国都绛所建之高台。古谓仙人好楼居，后引用为神仙所居之红色台阁。

⑮ 阎浮：阎浮提的省称，又译作南赡部洲，佛教传说中四大洲之一，多指人世间。

⑯ 瘖痖：同"喑哑"。

⑰ 不是宸游玩物华：出自王维《奉和圣制从蓬莱向兴庆

阁道中留春雨中春望之作应制》"渭水自萦秦塞曲，黄山旧绕汉宫斜。銮舆迥出千门柳，阁道回看上苑花。云里帝城双凤阙，雨中春树万人家。为乘阳气行时令，不是宸游玩物华"。老僧相见具袈裟：出自岑参《赴嘉州过城固县，寻永安超禅师房》"满寺枇杷冬着花，老僧相见具袈裟。汉王城北雪初霁，韩信台西日欲斜。门外不须催五马，林中且听演三车。岂料巴川多胜事，为君书此报京华"。诸天合在藤罗外：出自杜甫《涪城县香积寺官阁》"寺下春江深不流，山腰官阁迥添愁。含风翠壁孤云细，背日丹枫万木稠。小院回廊春寂寂，浴凫飞鹭晚悠悠。诸天合在藤萝外，昏黑应须到上头"。远上寒山石径斜：出自杜牧《山行》"远上寒山石径斜，白云生处有人家。停车坐爱枫林晚，霜叶红于二月花"。

第四出　学诗（先天韵）

【正宫引子】【菊花新】(旦[①]上) **一帘心事晓妆前，隔岁秋衫短半肩。** (小旦[②]) **脂粉到儿边，忍狼籍没娘衣钏。**

【卜算子】(旦) 红破积啼花，丝瘦经歌柳。衫袖偷风别有寒，妹妹你知否？(小旦) 莫语雁翎斜，不信莺眉朽。燕子前宵已别人，姊姊你知否？

(旦) 正是呢。

(小旦) 姊姊，你尝说你那影云名字有个来历，却是为何？

(旦) 妹子，你却不知。当初母亲生我之时，梦见碧云一片影入卧房，因而生我，就名影云。

(小旦) 这样说，难道我的暎月，也曾梦着什么月来?

（旦）或者也是，也不见得。

（小旦）姊姊，怪道你能诗善字，原来有这般异梦。江淹梦笔生花，信不诬也。

（旦）妹子，描鸾刺绣，乃是我女儿家的本等③，这些笔砚工夫，也尽可罢得。

（小旦）有你这样一个姊姊，怎容不得我这一个妹妹，教我些儿，朝夕也好伏侍你。

（旦）既如此，你随意取本诗儿来看。

（小旦呈诗）

（旦看介）原来是韩致尧的《香奁集》④。且看他一首。"秋千打困解罗裙，指点醍醐酒一尊。见客入来和笑走，手搓梅子映中门。"你看，他把女儿家一时光景恍然写出，真韵笔也。

（小旦）好虽好，只是梅子搓坏，却不污了手。

（旦笑介）休得取笑。挨⑤起墨来，再看他几首。

【过曲】【白练序】铜雀砚，解识香奁句，可怜笔尖外，不尽鸟啼花怨。自古及今，不过这些风花雪月。奈一人自有一人意，致**千年斗锦笺**，只争这一

《云石会传奇》校注

字推移，别有妍。闲庭院，都是些诗光透远，墨气含烟。

【醉太平】【换头】（小旦）窗前芙蓉，可羡未开时，问他秋色从何见？（旦）这就是做诗的口吻了。（小旦）归途小燕离披，远水长天。（旦）一片锦心，难向俗人传，要逗出可容深浅。做诗就如我们做针指一般，拈针合线，全在这回环宛转，配染新妍。

【白练序】【换头】（小旦）悠然仅几言，半则见出张对阮。⑥（旦）铺叙古人，最为下笔。但人所多言我寡言之，人所难言我易言之，则自不俗矣。闲题咏，蓦地⑦古人相见，便娟⑧，化笔颠，多少啼红答杜鹃。些儿变，在含辞典显，爱杀青莲。

（小旦）如今的人，动不动就要做诗。姊姊，你眼里也有几个中选的？

【醉太平】【换头】（旦）难言飞霞中选，问中唐盛晚、若个能全？六朝未见，都是些凑语狐禅⑨。（小旦）花钿香闺，岂亚笔锋偏？摆得出薛涛牌面。极是这些不通的，偏要议论别人。嘴皮虚健，怎知道俺舌痕轻啭，目度潺湲。

【尾声】（旦）早归鸿带出斜阳片，又是催妆向晚天。（小旦）姊姊，你出个题目与我，待我也学做一首。（旦）却好也。就把《晚妆》为题，限你**未落灯花要满篇**。

集唐　寂莫秋花野意多，雨香云淡觉微和。

此时不敢分明道，灯下妆成月下歌。⑩

注　释：

① 旦：传奇中脚色，饰演女主角。此剧中饰演郭影云。

② 小旦：传奇中脚色，多扮演年轻女子。此剧中饰演郭影云之妹暎月。

③ 本等：本分，分内事。

④ 韩致尧的《香奁集》：韩偓，字致光，号致尧，晚唐五代诗人。著有《香奁集》，人称"香奁体"。"秋千打困解罗裙，指点醒醒酒一尊。见客入来和笑走，手搓梅子映中门。"为该诗集中《偶见》一诗，又题作《秋千》，写一女子娇羞活泼之态。

⑤ 挨：磨。

⑥ 出张对阮：张，指张华，字茂先，范阳（今河北固安县南）人，西晋文学家。自幼勤奋好学，博览群书，知多识广，辞藻温丽。阮，指阮籍，字嗣宗，陈留尉氏（今河南开封）人，三国时魏国文学家，竹林七贤之一。

⑦ 蓦地：突然地。

⑧ 便娟：轻盈美好、回旋飞舞貌。

⑨ 狐禅：禅门指妄称开悟、流入邪僻者。后亦泛指异端
邪说。

⑩ 寂莫秋花野意多：出自皎然《题周谏别业》"隐身苕上
欲如何，不着青袍爱绿萝。柳巷任疏容马入，水篱从
破许船过。昂藏独鹤闲心远，寂历秋花野意多。若访
禅斋遥可见，竹窗书幌共烟波"。雨香云淡觉微和：出
自元稹《和乐天早春见寄》"雨香云淡觉微和，谁送春
声入棹歌。萱近北堂穿土早，柳偏东面受风多。湖添
水色消残雪，江送潮头涌漫波。同受新年不同赏，无
由缩地欲如何"。此时不敢分明道：出自韩偓《袅娜》
"袅娜腰肢淡薄妆，六朝宫样窄衣裳。著词暂见樱桃
破，飞盏遥闻豆蔻香。春恼情怀身觉瘦，酒添颜色粉
生光。此时不敢分明道，风月应知暗断肠"。灯下妆成
月下歌：出自刘禹锡《踏歌词四首（其二）》（一说为
张籍所作《无题》）"桃蹊柳陌好经过，灯下妆成月下
歌。为是襄王故宫地，至今犹自细腰多"。

第五出　示惨（江阳韵）

（老旦①扮尼僧上）飒飒秋风满院凉，芬芳篱菊半经霜。可怜不遇攀花手，狼藉枝头多少香。自家乃白檀寺中一个尼僧，唤名法智的便是。俺这寺建于唐朝大中年间，距今五百余载②，都是些尼僧供奉这十方香火③。数月前，不知哪里来一哑女，双鬟④垂耳，口角流涎，日持笤帚行游市上。那些居士们见其惨容，则其家有凶祸；见其喜色，则其家有福祥。因此把她的面容，竟视为趋避之计⑤。我看此女，果像有些缘故。今早又不知到哪里去了，不免到山门前看望一回。正是：明星当午现，犹待晚鸡鸣。⑥（下）

【南昌过曲】【不是路】（生上）**野巷生凉，恍惚云根石影扬。孤烟上，枯槐瘦隐旧门墙。迤逦行来，已**

是旧居云石边了。白檀寺中老尼法智多时不曾会了，不免去探望一遭。（内⑦作喊声"避哑女"介）（生）呀，**恁惊惶，又不是射虎闲疑广⑧，敢有甚初平叱起羊⑨？**（内又作喊介）（生）啊，是了是了。我闻得白檀寺有个哑女，面上可判吉凶。快避了她。（欲下，丑⑩愁容持帚舞上，撞生介）（生）呀，**还思想，却怎生恰遇着愁模样，好生惆怅，好生惆怅！**

（老旦上）向门难住人，急着眼睛看。我道为何喧嚷？原来又是你面上不好看了。（见生介）呀，原来杜相公。许久不到我寺中了。

（生作不悦介）

（丑又作愁容示生介）

（老旦）里面有午斋了，还不进去！

（丑舞下）

（生）小生正欲进来拜访姑姑，不想遇着她，好闷人也！

（老旦）相公不必挂怀。

（生）请问此女从何而来？

（老旦）数月前偶从门首经过，撞入寺中。我看她有些异相，把她留着。不想这些居士们就把她的面庞做了一个样子，然都说她有些效验。

（生）便是呢。

（老旦作悔言介）相公，这也是传闻之言，不必过信。

【皂角儿】惨容儿随她挂庞，吉人儿自余天相。（引生指内介）望高居依然在这厢，念老尼还安然无恙。（背介⑪）只怕他风流账，口舌场，言词上未必无伤。（转介）杜相公，近来我寺中甚觉冷淡，依旧的**数间破房，几重败廊**。全仗相公高中了，整理这旧云堂，妆塑起风调雨顺，把寺门高敞。

【前腔⑫】（生）念鲰生⑬空留在庠⑭，叹离居半轩存养。恁经秋短褎破霜，甚逢时飞鸢出网？应有这寒酸相，乞丐妆，穷神样，委实堪伤。（老旦）好说。（生）小生告辞了。早**秋阴下窗，晚容过墙，盼**⑮**斜阳，三三两两，都在雁衣偷浪**。

（老旦）相公回去，切莫挂怀。

（生）多谢姑姑。

集唐 避地掩留已自悲，成名空羡里中儿。

每嗟世事长多事，重到禅关是几时。[16]

注　释：

① 老旦：戏曲脚色名，扮演老年妇人。这里饰演白檀寺老尼法智。

② 距今五百余载：白檀寺建于唐朝大中年间（847—860），然而剧中人乔因阜为明朝隆庆二年（1568）进士，时代相距约七百年。传奇剧作中对历史时间的表述往往较为随意。

③ 十方香火：十方，佛教指东、西、南、北、东南、西南、东北、西北、上、下十个方位，引申指到处、各处。香火，香烛、灯火，为佛前供奉之物。十方香火，引申指所供奉的财物。

④ 双鬟：唐人发式，未婚女子结双鬟于头顶，婚后始挽成髻子。这里指年轻女子的两个环形发鬟。

⑤ 趋避之计：指用以推测祸福的办法，福则趋之，祸则避之。

⑥ "明星"句：出自五代释宗杲《颂古一百二十一首其六二》"夜半明星当午现，愚夫犹待晓鸡鸣。可怜自屎不知臭，又欲得新牛似人"。禅籍中出现的这类句子，看似不可思议，实是要人超越凡俗思维的界限，打破执着，真正进入圆融无碍的境界。

⑦ 内：幕后。

⑧ 射虎闲疑广：李广射虎的故事，《史记》记载，"广出猎，见草中石，以为虎而射之，中石没镞，视之石也。因复更射之，终不能复入石矣。广所居郡闻有虎，

尝自射之。及居右北平射虎，虎腾伤广，广亦竟射杀之"。

⑨ 初平叱起羊：晋葛洪《神仙传》载，黄初平牧羊，被一道士引至金华山石室中，四十余年未归。其兄黄初起寻访至山，问羊何在，初平答："在山东。"兄往视，但见白石，不见羊。初平道："羊在耳，兄自不见。"便大叫："叱！叱！羊起！"于是满山白石应声而起，化成数万头羊。黄初平成道后，仙号赤松子。

⑩ 丑：本出中，"丑"饰演哑女。

⑪ 背介：戏曲术语，即"打背躬"。演员背对剧中其他人物，直接向观众做内心独白，假定同台其他角色都听不见。

⑫ 前腔：戏曲音乐名词，南曲传奇某一曲牌连用两次以上，第二次后曲牌名不重出，省称前腔。

⑬ 鲰（zōu）生：见识浅薄愚陋的人，多作读书人自称的谦词，犹小生。

⑭ 庠（xiáng）：古代乡学，泛指学校。

⑮ 盻：即"盼"，通"眄"（miǎn），斜看。

⑯ 避地掩留已自悲：出自韩偓《避地寒食》"避地淹留已自悲，况逢寒食欲沾衣。浓春孤馆人愁坐，斜日空园花乱飞。路远渐忧知己少，时危又与赏心违。一名所系无穷事，争敢当年便息机"。"掩留"与"淹留"同，羁留，停留。成名空美里中儿：出自陈羽《送友人及第归江东》"五陵春色泛花枝，心醉花前远别离。落羽耻为关右客，成名空美里中儿。都门雨歇愁分处，山店灯残梦到时。家住洞庭多钓伴，因来相贺话相思"。每嗟世事长多事，重到禅关是几时：出自罗邺《秋日留别义初上人》"塞寺穷秋别远师，西风一雁倍伤悲。

每嗟尘世长多事，重到禅斋是几时。霜岭自添红叶恨，月溪休和碧云词。关河回首便千里，飞锡南归讵可知"。

第六出　截句（尤侯韵）

（净扮老仆上）垂老难离主，辛勤作老奴。守儒无进业，柴米独支吾①。自家乃杜相公家下一个苍头便是。俺自幼在老相公手中，从那两个老人家亡过，小相公年幼，家业萧条，又读了几句书，那朝夕所需的都是我老人家去布摆②。日守一日，年过一年，只指望他联科及第③，拖带我老人家也衣锦还乡。今早从街上回来，不知怎生怏怏不乐，想也为这些家道上，未免愁烦。天色已晚，不免做起饭来，好等他吃。（下）

【商调引子】【忆秦娥】（生上）无何有，窗前草色年年秀。年年秀，可还人似、春风长守。

一林桑叶染秋风，狼籍鹃声别有红。愁尽不知天地老，客途谁惜阮郎穷④？杜言自遇哑女归来，心下未免不快。咳！天天据着我坐贫守困，也不至惹是招非，怎奈我二十多岁了，不要说功名二字，便亲事也不曾说起。难道这破屋半间，就是男儿结果之场了？

【过曲】【集贤宾】看流光幻影，都做了心上愁。奈新梦经秋，泣断寒霜一剑吼。恁惊心哑女空投，分眉做柳，似示我困穷多咎。非是偶，终则把沈郎消瘦。

佳人才子，自古有之。我杜言不指望绝色的美人，便寻常女子，难道也消受不起？

【二郎神】【换头】河洲，双鸣水鸟关关欲溜。那文王呵，不过是腐老诸侯亦好逑⑤。难道香闺爱粉，都向这名利凝眸？则把我半纸穷酸不挂口。咳，说话间好生困人，不免题诗壁上，少展闷怀。（拭壁介）粉壁上墨光轻溜，月初流。怎得个韵人儿，读向妆楼⑥。

（题介）清风明月夜，丝竹勉为吟。雁杳鱼无信⑦……

（想介）

云石会　第六出　截句

【黄莺儿】(老旦上)香重衲云浮，念珠儿润指头，行来早是西城首。老尼奉哑女命，送偈语儿与杜相公。来此已是他斋次了。(叫介)杜相公！(生忙回头放笔)(见介)难得老姑姑到此。(老旦)相公原来在此做诗。鸟声渐收，虫音正修，没来由打断了珠玑手。(生)好说。请问姑姑到此，有何见教？(老旦出偈介)那哑女有个偈语，特要老尼送来。莫轻丢，枯桩系马，好去细参求。

(生拆念介)"三界火宅，众苦俱备。报汝诸人，早求出离。"⑧

【猫儿坠】禅家妙理，未必尽能酬，大约机锋⑨事可求。碧波天外，落霞浮悠悠。淡影飘风，一雁归秋。看她所作，必非凡女。

(老旦)正要对相公说。自她来后，那云石边尝⑩有云气往来，变幻不一。

(生)有此异事？小生便要去拜访哑女，并好看云石。只是向晚了，如何处？

(老旦)老尼也要回去，就在敝寺吃了晚斋，步月归来，有何不可？

（生）怎好取扰？

（老旦）相公怎说此话。只是相公迁在这边，不然我们原是贴邻。

（生）正是呢。

（老旦）老尼意欲进去看看郭小姐也不去了，就请同行。（行介）

【尾声】石根不许云归岫，常则见苔光隐去留。
（生）从来说此块石原是活的，**始信地底奇峰，不是死石头。**

集唐 明月中时水寺开，试看石上动轻苔。

窗吟苦为秋江静，此是神功不可猜。[11]

注　释：

① 支吾：支撑，支持住不倒下。

② 布摆：措置，安排。

③ 联科及第：科举考试中，乡试、省试、殿试三试成绩均在前三名，称"联科及第"。

④ 阮郎穷：阮籍途穷。《晋书》卷四十九《阮籍列传》："时率意独驾，不由径路，车迹所穷，辄恸哭而反。"阮籍驾车走到路的尽头，痛哭返回。后以"阮途穷"

喻走投无路或处境困窘。

⑤ 腐老诸侯亦好逑：典出《诗经》第一首《关雎》"关关
雎鸠，在河之洲。窈窕淑女，君子好逑。"朱熹《诗集
传》认为写周文王选偶之事，君子指文王。也有解作
文王求诸侯之贤者。

⑥ 读向妆楼：意即与"韵人儿"妆楼共读。

⑦ 雁杳鱼无信：古人以鱼雁为书信的代称。此句指无传
信者。

⑧ "三界"句：哑女故事中哑女所留偈语。周希哲修、张
时彻纂《（嘉靖）宁波府志》卷四十二《传》十八《仙
释》："哑女者，莫详其姓氏，亦不知何许人。熙宁中，
见于鄞之戒香寺，婉娈丱角，年若及笄。喑不能言，
惟日持帚，垂臂跣足。晨粥午饭，每拾菜滓铛余啖，
人以为颠骏。历人家，预知吉凶，以为欣戚。里士周
锷学举子业，屡至其家。锷知其非常，至则必延以蔬
饭。一日未及食，忽起书偈于壁曰：'三界火地，众苦
俱备。报汝诸人，早求出离。'"

⑨ 机锋：禅宗名词，指机警犀利的话语，也指话语里的
锋芒。

⑩ 尝：通"常"。

⑪ 明月中时水寺开：出自黄滔《寄蒋先辈》"夫差宫苑悉
苍苔，携客朝游夜未回。冢上题诗苏小见，江头酹酒
伍员来。秋风急处烟花落，明月中时水寺开。千载三
吴有高迹，虎丘山翠益崔嵬"。试看石上动轻苔：出
自李宣古《人日》"春辉新入碧烟开，芳院初将穆景
来。共向花前图瑞胜，试看池上动轻苔。林香半落沾
罗幌，蕙色微含近酒杯。闻道宸游方命赏，应随思赉
喜昭回"。包燮根据剧作题旨，将"池"替换为"石"。

《云石会传奇》校注

窗吟苦为秋江静：出自周朴《客州赁居寄萧郎中》"松店茅轩向水开，东头舍赁一裴徊。窗吟苦为秋江静，枕梦惊因晓角催。邻舍见愁赊酒与，主人知去索钱来。眼看白笔为霖雨，肯使红鳞便曝腮"。此是神功不可猜：出自周朴《升山寺》"升山自古道飞来，此是神功不可猜。气色虽然离禹穴，峰峦犹自接天台。岩边折树泉冲落，顶上浮云日照开。南望闽城尘世界，千秋万古卷尘埃"。

第七出　续吟（东冬韵）

【南吕过曲】【懒画眉】(旦上) 一痕新月堕芙容，冷逼秋光入夜蛩。短嗳吹不到帘栊，行来似觉衣衫重，窗外应怜霜露浓。

偶尔闲步，早是^①杜郎斋次。

(净上) 相公送老姑姑，不知送到哪里去了。(见旦介) 阿约^②，原来郭小姐在此。

(旦) 你相公哪里去了？

(净) 方才是法智老姑姑拿了哑女的什么帖儿来，因此同去了。

(旦) 我也闻得白檀寺里有个哑女，有些古怪。怎么那老姑姑倒不进我里边走走，竟去了。她的帖儿在哪里？

（净）想在桌上，请小姐自看。

（旦）恐怕你相公回来。

（净）便是回来，通家相公，见见何妨？

（旦进介）

（净）待老奴去取茶来。（虚下）

【前腔】（旦）**纤尘不过郭林宗**③，**独有琴书点缀工**。案上不见有什么帖儿。（作看壁介）**满斋俱是旧啼红**。（念介）"清风明月夜，丝竹勉为吟。雁杳鱼无信……"这想是他自己做的了，怎么不做完？待我替他续上一句。**松心不脱这寒酸痛，一句如何下笔慵**。

（写介）"鹊报凤鸾音。"（放笔欲下）

（生上）"客子入门月皎皎，谁家捣练风凄凄？"④（遇介）呀，原来是小姐到此，有失迎迓了。苍头看茶来。

（旦）多谢了。

（生）小生多承尊翁老伯厚情，并二位小姐盛德，感刻五内，何日忘之？

（旦）好说。

【前腔】（生）**何人为阮惜途穷，一榻承留旧日风**。

偶然闲弄笔头松

（作见诗念介）"鹊报凤鸾音"，呀，何人续上一句？却好也**阳春白雪和谁工**。想就是小姐续的了。（旦）见笑大方。（生背介）兀的不惊喜杀人也。（转介）小姐，感得你**怜人鹊语能传风**。怕什么**傲客鱼函不倩鸿**。

【前腔】（旦）萧条茅屋半间空，只好将就寒门这老阿翁。所续拙句呵，不过是**偶然闲弄笔头松，吹花**⑤**并没甚余偷送，不必留吟在目中**。

（小旦内叫介）姊姊哪里？快来快来。

（旦急下）

（生向内痴望介）小姐，你竟自进去了，兀的不害杀我杜言也！小生在此住了半年，不道那小姐便长成得这般标致，真果是眉长桂叶，脸薄桃花。你看她妙楷出自纤手，雅句出之巧心，使小生喜而欲狂矣。

【转入正宫】【锦缠道】**看新诗酒枯毫飞霞锦丛，微映起月朦胧，害相思教人哪处寻踪？分明是漏春心莺花自供**，说甚的**逗闲情絮柳无风**。　可惜写在壁上。倘漾入花笺，当藏为世宝。**蜀纸养芙容，敢漏泄玉人新咏？悲声杂暮虫，又早是月痕花动，一些些字影浪孤桐**。

集唐　梦中吞鸟拟何为，分付春风与玉儿。

莫道风流无宋玉，多情兼与病相宜。⑥

注　释：

① 早是：已是。

② 阿约：叹词，同"啊哟"。

③ 郭林宗：郭泰，字林宗，太原郡人，东汉时期名士。隐居而不离开双亲，坚贞而不隔绝世俗，羞沾纤尘名利。

④ "客子"句：出自杜甫《暮归》"霜黄碧梧白鹤栖，城上击柝复乌啼。客子入门月皎皎，谁家捣练风凄凄。南渡桂水阙舟楫，北归秦川多鼓鞞。年过半百不称意，明日看云还杖藜"。

⑤ 吹花：吐花，开花，接上句化用"笔头生花"一语。

⑥ 梦中吞鸟拟何为：出自黄滔《寓题》"纷纷墨敕除官日，处处红旗打贼时。竿底得璜犹未用，梦中吞鸟拟何为。损生莫若攀丹桂，免俗无过咏紫芝。两岸芦花一江水，依前且把钓鱼丝"。分付春风与玉儿：出自韩偓《有忆》"昼漏迢迢夜漏迟，倾城消息杳无期。愁肠泥酒人千里，泪眼倚楼天四垂。自笑计狂多独语，谁怜梦好转相思。何时斗帐浓香里，分付东风与玉儿"。莫道风流无宋玉：出自韩偓《席上有赠》"矜严标格绝嫌猜，嗔怒虽逢笑靥开。小雁斜侵眉柳去，媚霞横接眼波来。鬓垂香颈云遮藕，粉著兰胸雪压梅。莫道风流无宋玉，好将心力事妆台"。多情兼与病相宜：出自韩偓《多情（庚午年在桃林场作）》"天遣多情不自持，多情兼与病相宜。蜂

偷野蜜初尝处，莺啄含桃欲咽时。酒荡襟怀微驶
骤，春牵情绪更融怡。水香剩置金盆里，琼树长
须浸一枝"。

第八出　诉妹_{（先天韵）}

【仙吕引子】【一剪梅】（小旦）月枯灯影不思眠，心在花前，人在花前。姊姊快来。（旦）遥闻小妹叫声连，蛩在秋边，雁在秋边。

（见介）

（小旦）姊姊哪里去来？把我喉都叫干了。

（旦）却有一桩好笑的事，说与你知道。

（小旦）什么事？

【过曲】【桂枝香】（旦）才停针线，闻添衣钏，逞蛩音带月临阶，冲雁影含烟出院。（小旦）原来在庭外，教我哪一处不寻到。（旦）偶然步出庭前，则见西斋门儿开着，那老苍①出来，我问他相公哪里去了，他说白檀寺老姑姑拿了哑女的帖儿来，因此同去

54

了。（小旦）想就是爹爹前日说的哑女了。（旦）此时我进去一看，哪里见什么帖儿，只见**新诗半轩，新诗半轩，都是些骚人宿怨，不脱这寒酸题面**。那壁上有诗几句，尚未做完。（小旦）是哪个做的？（旦）就是杜郎自己做的。（小旦）可记得么？（旦）"清风明月夜，丝竹勉为吟。雁杳鱼无信。"（小旦作念介）"雁杳鱼无信。"（旦）那时我就续上一句："鹊报凤鸾音。"（小旦想介）"鹊报凤鸾音"，这个太便宜他了。（旦）**向谁传？休疑有意通鱼信，不过无心报鹊言。**

【前腔】（小旦）**窗前行遍，寻伊不见**。那些酸鬼再不可理他。你**自然粉迹无心，他便把琼相作券**[1]。待**逢人浪传，逢人浪传，打叠起蜂喧莺啭，惊动了柳丝花片**。②（旦作悔介）妹子之言甚是有理，如今怎么处？（小旦）也便无妨，而今只不要理他便了。**漫俄延**③，且归**绣阁吹灯罢，待上流苏听月眠**。

集唐　**秋深初换旧衣裳，剪破嫦娥夜月光。**

　　　　墨迹两般诗一首，此心却笑野云忙。④

校 勘：

[1] 券：原文作"券"，今据上下文意改。

注 释：

① 老苍：老苍头的省称，即老仆人。

② "你自"句：暎月认为，虽然影云续句别无他意，但担心杜言会误以为影云是有心题就，还四处向人传播，那样就会引起旁人议论，惊动她们的父亲。券，信物，契约。

③ 俄延：延缓，搁置。

④ 秋深初换旧衣裳、此心却笑野云忙：出自韩偓《秋深闲兴》"此心兼笑野云忙，甘得贫闲味甚长。病起乍尝新橘柚，秋深初换旧衣裳。晴来喜鹊无穷语，雨后寒花特地香。把钓覆棋兼举白，不离名教可颠狂"。剪破嫦娥夜月光：出自徐夤《追和白舍人咏白牡丹》"蓓蕾抽开素练囊，琼葩薰出白龙香。裁分楚女朝云片，剪破姮娥夜月光。雪句岂须征柳絮，粉腮应恨帖梅妆。槛边几笑东篱菊，冷折金风待降霜"。墨迹两般诗一首：出自黄滔《东林寺贯休上人篆隶题诗》"师名自越彻秦中，秦越难寻师所从。墨迹两般诗一首。香炉峰下似相逢"。

第九出　疑诗 （江阳韵）^[1]

【仙吕引子】【鹊桥仙】（生上）始觉垂条，方知啼鸟，真是断魂愁料。鹧鸪香外墨光摇，只一句把人完了。

【青玉案】凋霜树冷鸦声怯，似初病、相思客。昨夜愁怀堆几尺？灯花报影，炉火留红，有梦无人惜。

蜂眉应有偷花式，司马^①何曾异今昔。一曲瑶琴天下白。骕霜裘敝，茂陵酒尽，何碍风流贼。

小生为小姐这一句诗，直弄得腰痕近沈，鬓影欲潘^②。分明是云笺自许，彩笔心期；明珠从小凤衔来，翠羽向娇莺舞至。咳！我的影云小姐呀，你说是无意续成，安知你无意之中，暗藏有意？我却认有心题就。怎教我有心之内，肯作无心？

【过曲】〖醉罗歌〗〖醉扶归〗**多病多病男儿少，多事多事女儿娇。任我闲题信鱼遥，何须要你青鸾报？**〖皂罗袍〗**而今到此，如何肯饶？明朝问及，应无所逃。这松烟**③**是你相思稿。**呀！那边有人来了。啐！原来是竹摇花动。〖排歌〗**人踪断，凤影辽，隔窗花动竹光摇。**

正是竹摇疑凤至，花动似人来。不免把前诗朗诵他几遍。（作倚桌朗诵介）

【皂罗袍】（外④上）**可叹白头将到，把裙钗当了两个儿曹**⑤。老夫郭茂才。安人亡后，单留二女。薄有庄田，送吾晚景。向方故人之子杜文仙，乃是个饱学秀才。只因他父亲亡后，家产尽凋，我把西斋借他住下。连日不曾去看他，今日闲暇，不免到他斋中走走。（生朗吟介）（外）**临风忽听诵声高，凝云已觉秋光老。**（进见介）（生作慌揖介）（外）贤侄，为何痴痴看着这壁呢？（生）小侄胡乱看些朋友们的诗稿。（外作看介）**看半轩雅句，都是同人赠交。这几行小字，可是两人和骚？**（念介）"清风明月夜，丝竹勉为吟。雁杳鱼无信，鹊报凤鸾音。"这首诗，分明出自两人。（作细看惊疑）（背介）呀！这第四句，好像我影云女儿的笔迹。分明是首淫词，**使人心下浑难料。**

（恼下）

（生慌介）这怎么好？想认得是女儿笔迹，悻悻去了。

【尾声】檐前幸没有乌鸦叫，或者隐忍这无娘女太娇。倘追踪[2]起真来，怕讲不得**兄妹通家轻恕了。**

集唐　非关艳曲转声难，昨夜春风晚色寒。

　　　别后此心君自见，愿他老年花似雾中看。⑥

校　勘：

[1] 江阳韵：本出中各曲实际为萧豪韵，念白的【青玉案】又为庚青韵对应入声韵部，并无江阳韵曲子。

[2] 追踪：原文模糊不清，据上下文意补。

注　释：

① 司马：指司马相如，下文"一曲瑶琴""骕霜裘敝""茂陵酒尽"都是和他相关的典故。

② 腰痕近沈，鬓影欲潘：沈，指沈约；潘，指潘岳。沈腰：南朝梁沈约老病，百余日中，腰带数移孔。潘鬓：晋潘岳年始三十二岁，即生白发。这里指消瘦衰老

之意。

③ 松烟：松木燃烧的黑灰，可制墨，引申指墨。这里指影云题写之字迹。

④ 外：戏曲脚色名，扮演老年男子，本出饰演郭茂才。

⑤ 儿曹：儿子。

⑥ 非关艳曲转声难：出自皎然《相和歌辞·铜雀妓》"强开尊酒向陵看，忆得君王旧日欢。不觉余歌悲自断，非关艳曲转声难"。昨夜春风晚色寒：出自宋雍《春日》"轻花细叶满林端，昨夜春风晓色寒。黄鸟不堪愁里听，绿杨宜向雨中看"。别后此心君自见：出自韩翃《送长史李少府入蜀》"行行独出故关迟，南望千山无尽期。见舞巴童应暂笑，闻歌蜀道又堪悲。孤城晚闭清江上，匹马寒嘶白露时。别后此心君自见，山中何事不相思"。老年花似雾中看：出自杜甫《小寒食舟中作》"佳辰强饮食犹寒，隐几萧条戴鹖冠。春水船如天上坐，老年花似雾中看。娟娟戏蝶过闲幔，片片轻鸥下急湍。云白山青万余里，愁看直北是长安"。

第十出　诘诗（歌戈韵）

（外上）事不关心，关心者乱。方才到杜生斋头，见壁上所题之诗，那末后一句，的是影云女儿笔迹。两相酬和，未必无情。况句中都是求配之言，好生疑惑。不免且唤暎月出来问她。暎月哪里？

（小旦上）方开针线帖，惊动紫鸳火。（见介）爹爹万福。

（外怒介）你这几日同姊姊到哪里去来？

（小旦）从没有走动。

（外）没有走动，西斋壁上的诗是哪一个写的？从实说来。

（小旦）啊，是了。

【双调过曲】【步步娇】那晚中庭无人过，小月穿

帘破。姐姐呵，她**无心把步挪**，见**满壁诗歌，敢有甚闲题和**？（外）这妮子要你替她遮掩，分明续上一句！我且问你，哪个教你们去？（小旦）啊哟爹爹，我却不曾去，是姊姊说与我知道的。（外）她自去，一发①不好了。（小旦）爹爹，这不是**有意逗诗魔，玷闺门祸事天来大**。

（外）快叫这妮子出来。

（小旦）姊姊快来！

【沉醉东风】（旦上）**转窗阴松烟正磨，漾花笺鸟魂将堕。**（小旦）还说做诗，做出祸来了。（旦）什么祸？（小旦）爹爹步入西斋，认出你的笔迹，好生着恼哩。（旦）**便续下，待如何？**（外）妮子快来！（旦见介）（外）西斋壁上续得好诗！（旦）爹爹，这不过一**时稍可，留下这字儿五个**。（外）莫说五个，便一个，哪许你写？（旦）便是这一句诗，也无甚**花香暗拖，梅酸暗搓**。只这鹊声啼过，（背介）便有甚牛郎渡河？

【园林好】（外）**分明是春心漾波，分明是春情浪涡，反要把巧言闪躲**。从来女子不出闺门，一任彼雁鱼讹。谁要你待凤鸾过？（打介）

（旦哭介）

【江儿水】(小旦)姊姊休悲痛，爹爹你听呵。可怜妈妈泉台②锁，又没个接代哥哥时相课③，随肩④弟弟如花朵，朝夕我两人行卧。莫说偶然题了一句，便是通家兄妹，也曾相见过的。道得个异姓尊兄小妹，何妨见么？

【五供颓】〖五供养〗(旦)心头无那⑤，搵透轻绡，泪落秋波。病花空滴破，痛柳倩谁挪？〖玉山颓〗(外)啐！羞惭你这泼货，怎出我心头恶火，从今休见我。丑声何？吾家养出这娇娥。

（外）暎月随我来！由这妮子死罢。

（小旦）姊姊，进去了罢。

（外指小旦介）还不进去！（同下）

【玉交枝】(旦)那时闲过，岂曾思恁般撒科⑥？黄昏走笔儿家可，稍推敲不甚吟哦。内言不出，到底女儿苛。风声可，使得书生播。如今爹爹面前，就浑身是口，也分不明白了。罢罢罢！累冰肌多应入魔，洗冰肌拚⑦身赴河。

不免题两句诗在壁上，以表我心。（题壁介）

【川拨棹】诗招祸，战兢兢把笔呵。（念介）"因君憔悴解君愁，累我冰肌一点雪。"这是我绝命的新歌，这是我绝命的新歌。看窗稍夕阳不多，旧罗衫莫带她葬秋烟、逗碧波。

【尾声】因君憔悴怜君挫，累我冰肌一点讹。天已向晚，就此拜辞了爹爹去罢。（向内拜介）咳，爹爹！将就你孩儿不孝多。

集唐　月溪休和碧云词，蓬转还家未有期。

今夜不知何处宿，真成薄命久寻思。⑧

注　释：

① 一发：越发，更加。

② 泉台：墓穴，亦指阴间。此句指母亲已经亡故。

③ 相课：相课试，互相考查、检验功课。

④ 随肩：追随左右，形影不离。

⑤ 无那：无奈，无可奈何。

⑥ 撒科：插科打诨，开玩笑。

⑦ 拚（pàn）：舍弃。

⑧ 月溪休和碧云词：出自罗邺《秋日留别义初上人》"塞寺穷秋别远师，西风一雁倍伤悲。每嗟尘世长多事，重到禅斋是几时。霜岭自添红叶恨，月溪休和碧云词。

关河回首便千里，飞锡南归讵可知"。蓬转还家未有期：出自灵一《江行寄张舍人》"客程终日风尘苦，蓬转还家未有期。林色晓分残雪后，角声寒奏落帆时。月高星使东看远，云破霜鸿北度迟。流荡此心难共说，千峰澄霁隔琼枝"。今夜不知何处宿：出自岑参《碛中作》"走马西来欲到天，辞家见月两回圆。今夜不知何处宿，平沙万里绝人烟"。真成薄命久寻思：出自王昌龄《长信秋词》"真成薄命久寻思，梦见君王觉后疑。火照西宫知夜饮，分明复道奉恩时"。

第十一出　先度（东冬韵）

（丑持帟上）错认生死路头，埋怨自家骨肉。惹得一世人忙，终日啼啼哭哭。顷见影云为续杜言诗句，被父亲讯究，已来投水了。我且将手骨帟儿幻作尸骸，先度去影云，漫漫的救脱杜言等，有何不可？道犹未了①，影云来也。（高立介）

【商调过曲】【山坡羊】（旦上）听云根流容晚冻，盼波心凝光远迸。下西风孤鸿一声，浅芦花片影渔舟送。瘦朦胧，烟迷野寺钟，萧疏已破离魂梦。步吟湘裙，难收取泣鸾悲凤。悾恫②，恍惚孤身滴露浓；西东，顷刻游魂碎因重。（作投水介）

（丑丢帟）（杂③扮鬼上，唤然转下）

（小旦上）可知亲姊妹，半步也难离。爹爹已睡，

萧疏已破离魂梦
步吟湘裙

姊姊还没有进来。（叫介）姊姊呀姊姊，哪里去了？（见壁止介）早有两行字儿在此。（念介）"因君憔悴解君愁，累我冰肌一点雪。"呀，不好了，想是去寻什么短见了。爹爹快来！

（外上）我儿，你大惊小怪做甚的？

（小旦）啊哟爹爹，不好了！姊姊题了两句绝命词儿，不知到哪里去了。

（外作念前句介）这妮子哪里去了？快寻出门外去。（作同出介）

（小旦）呀，那水面上浮的不是姊姊么？

（外慌介）正正正正是哩。（同哭介）

【前腔】（小旦）想着你**试妆时朝呼晚共，画眉时伊怜我痛，恁唏嘘分离片言，早黄昏已过娘亲共。**（外）**不惺忪闲题纸上红，伴幽闺谁教你把霜毫弄？葬柳埋花**，也是**前生业重。**（小旦）**忡忡**④，苦只苦这**裙钗入梦中；匆匆**，恨只恨这**寒酸**⑤**害杀侬**⑥。

（外）叫小厮们快出来。

（众扮家僮慌上）

（外）你们快把小姐的尸首打捞起来，待我明早禀

过太爷，买棺木盛殓便了。（众作捞尸介）

（外哭下介）

集唐　万种恩情只自知，曾愁香结破颜迟。

　　　古来幽怨皆销骨，空折梅花寄所思。⑦

注　释：

① 道犹未了：话还没说完。

② 悾恫：形容空虚哀痛。悾，指空虚；恫，指哀痛。

③ 杂：戏曲脚色名，一般扮演零碎角色。

④ 忡忡（chōngchōng）：忧虑不安。

⑤ 寒酸：形容寒士的穷困、窘态，这里指代杜言。

⑥ 侬：人。

⑦ 万种恩情只自知：出自韩偓《中春忆赠》"年年长是阻
佳期，万种恩情只自知。春色转添惆怅事，似君花发
两三枝"。曾愁香结破颜迟：出自韩偓《哭花》"曾愁
香结破颜迟，今见妖红委地时。若是有情争不哭，夜
来风雨葬西施"。古来幽怨皆销骨：出自韩偓《咏灯》
"高在酒楼明锦幕，远随渔艇泊烟江。古来幽怨皆销
骨，休向长门背雨窗"。空折梅花寄所思：出自徐夤
《别》"酒尽歌终问后期，泛萍浮梗不胜悲。东门匹马
夜归处，南浦片帆飞去时。赋罢江淹吟更苦，诗成苏
武思何迟。可怜范陆分襟后，空折梅花寄所思"。

第十二出　悟石（家麻韵）

【正宫】【端正好】（鬼持幡引旦飞走介）（旦）早则见片云儿眉端挂，随着个引魂的一缕残霞。（急走介）趁罡风①不住把罗裙洒。（鬼摇幡介）（旦）哎呀，好一会寒毛乍。

　　奴家逃出门来，分明将身赴水，怎生又在这里？

【滚绣球】分明的赴波心水涯，恍惚在风梢云罅②。可则是新魂远嫁，敢还是旧梦离家？惨离离浪眼花，冷飕飕斗齿牙③。猛加鞭一似腰痕带马，狠吹帆一似足影浮艖④。（哭介）我那爹爹嗄⑤，你闲抛绿女⑥浑如耍⑦，远撇红儿不可拿。（丑高立介）（鬼持幡隐入丑傍⑧介）（旦）早片云儿向石窦⑨停踏⑩。（见丑跪介）

【倘秀才】俺只道是怎生的狠阎罗牛头夜叉。（作

《云石会传奇》校注

起背介）却原来是怎样的**丑鸠盘**⑪**垂鬟女娃**。多则是**诗魔迷众假，笔鬼幻群哗**。（丑）影云，你省得⑫么？

（旦）呀，小名儿在**何处闻咱**？

（丑）叫鬼卒，可将法水洒她。

（鬼以水洒介）

（丑）你如今可省得了么？

（旦）呀，我原来是天上织女支机石也！

【煞尾】俺本是**漏君平**⑬**一块支机化**，也则为**犯风情数载混烟霞**。（作拜丑介）原来是**维卫佛古如来，却到这娑婆世，权妆**⑭**哑**。

（丑）嗫声！汝因微过，偶谪人间。已将吾帚幻作汝尸。此乃白檀古刹，有云石一块，亦汝化身，后日⑮杜言等俱从此石归天。汝形已改，不复识你。待老尼法智来，只说是我徒弟前来访我，权留此寺。不可泄漏！

（旦）弟子都省得了。

（老旦上）百年无个事，只是念阿弥。（见介）夜深了，小娘子何来？

（旦）师父稽首。

（老旦）阿弥陀佛。

（旦指丑介）这位师父是弟子从幼皈依的，许久不见，特寻到此。夜深惊动老师父，乞留做一个道伴，不知允否？

（老旦）好阿！俺这白檀寺，原是十方香火，尽可住下。

（旦）多谢师父。

集唐　古观云根路已荒，白龙遗爪印穹苍。

　　　　闲来石上观流水，通塞人间岂合忙。⑯

注　释：

① 罡风（gāng）：高空强劲的风。

② 蟆：缝隙。

③ 斗齿牙：牙齿互相争斗，指冷得牙齿打战。

④ 艖（chā）：小船。

⑤ 嘎（a）：同"啊"，叹词。

⑥ 绿女：与下文"红儿"互文，指服饰艳丽的青年人。这里都是郭影云自指。

⑦ 浑如耍：简直像是戏耍。浑如，酷似，很像。

⑧ 傍：同"旁"。

⑨ 石窦：石洞，石穴。

⑩ 停踏：走动。

⑪ 鸠（jiū）盘："鸠盘茶"的省称，佛书中谓食人精气的鬼，形如瓮状，亦被称为瓮形鬼、冬瓜鬼等，常用来比喻丑妇或妇人的丑陋之状。

⑫ 省得：亦作"省的"，记得，知道。

⑬ 君平：汉代高士严遵的字。严遵隐居不仕，曾卖卜于成都。

⑭ 妆：通"装"。

⑮ 后日：日后，将来。

⑯ 古观云根路已荒：出自皎然《晚春寻桃源观》"武陵何处访仙乡，古观云根路已荒。细草拥坛人迹绝，落花沉涧水流香。山深有雨寒犹在，松老无风韵亦长。全觉此身离俗境，玄机亦可照迷方"。白龙遗爪印穹苍：出自徐夤《新月》"云际婵娟出又藏，美人肠断拜金方。姮娥一只眉先扫，织女三分镜未光。珠箔寄钩悬杳霭，白龙遗爪印穹苍。更期十五圆明夜，与破阴霾照八荒"。闲来石上观流水：出自李洞《赠僧》"不羡王公与贵人，唯将云鹤自相亲。闲来石上观流水，欲洗禅衣未有尘"。通塞人间岂合忙：出自徐夤《梦》"月落灯前闭北堂，神魂交入杳冥乡。文通毫管醒来异，武帝蘅芜觉后香。傅说已征贤可辅，周公不见恨何长。生松十八年方应，通塞人间岂合忙"。

第十三出　控府 _{（真文韵）}

【双调引子】【胡捣练】（末官服引卒上）金带阔，紫袍新，遥看竹马闹红尘，甘棠①遗爱须留问。

下官宁波知府胡国荣是也。今日放告②日期，左右开门！

（卒作开门）

（外叫上）告状，爷爷！

（末）拿状子上来。

（外）生员是四诉③。

（末）为什么事？

（外）因奸致死。爷爷嗄！

（末）从实说来。

（外）生员有女儿呵！

【过曲】【锁南枝】年方俊，字影云。(末)与哪个成奸？(外)府学秀才杜言，把淫词暗地来诱引。那时被生员瞧见讯问，女儿无语可遮身，流泉叹一瞬。(末)你女儿投水死了？(外)无娘女欲断魂，望青天细推问。

【前腔】(末)诗中句可记真？(外)现在杜言斋头壁上，更可录来。(末)如今尸骸在哪里？(外)在西郊候勘。(末差卒介)你去，押着地方同本家人，将尸首关殓④。即刻拿杜言听审。(卒)晓得！(末)刻拿正犯来审问。(卒引外先下)(末)这的是有女已怀春，无郎怎投引？人命大，怎容情？秀才们不致紧⑤。

集唐　狂童容易犯金门，指点醍醐酒一尊。

　　　　丹笔不知谁是罪，莫留遗迹怨神孙。⑥

注　释：

① 甘棠：周召公典故。甘棠，棠梨之木。《史记·燕召公世家》记载，周武王时，召公出巡，曾在甘棠树下断案。他死后，人民为了怀念他，作诗颂扬之，即《诗经》之《甘棠》。后以"甘棠"代称有德政于民的好官。

② 放告：古代州县衙门定期挂牌准予告状的做法。

③ 四诉：古代衙门中，有一收、二告、三报、四诉。

④ 关殓：关紧棺材盖，入殓。

⑤ 致紧：严谨，谨慎。

⑥ 狂童容易犯金门：出自韩偓《乱后却至近甸有感》"狂童容易犯金门，比屋齐人作旅魂。夜户不扃生茂草，春渠自溢浸荒园。关中忽见屯边卒，塞外翻闻有汉村。堪恨无情清渭水，渺茫依旧绕秦原"。指点醍醐酒一尊：出自韩偓《偶见》"秋千打困解罗裙，指点醍醐酒（一作'索'）一尊。见客入来和笑走，手搓梅子映中门"。丹笔不知谁是罪，莫留遗迹怨神孙：出自韩偓《八月六日作》"日离黄道十年昏，敏手重开造化门。火帝动炉销剑戟，风师吹雨洗乾坤。左牵犬马诚难测，右袒簪缨最负恩。丹笔不知谁定罪，莫留遗迹怨神孙"。

第十四出　狱成 (真文韵)

（生急上）只因五个字，惹起一天愁。今早梦寐之间，闻得影云小姐逃走了。多为着这事也。

（净急上）天有不测风云，人有旦时祸福。相公，不好了！影云小姐被郭老相公拷打，昨夜二更时分投水而死。这怎么好？

（生慌介）竟竟竟投水死了？咳！我的小姐嘎！

（外引卒上）（拿生、净介）

（外）你这小畜生！我怎生看待你？害杀了我女儿也！

（生）哎哟老伯，与小侄何干？

（卒）不必多言。老爷坐堂立等①，快去快去！

（同下）

【双调引子】【接云鹤】(末引卒上)成都已死卓文君，相如难免受灾迍②。

(卒)开门!(带生、净)

(外上)

(卒)犯人进。(作带入介)

(外呈诗介)

(末)杜言!

(生)有!

(末)你把做诗引诱事情，从实说来!

(生)老爷听禀。

【中吕过曲】【尾犯序】垂首听原因。粉壁挥毫，几句留韵。(末)那前三句是你做的么?(生)正是。(末)怎么不做完?(生)生员正在吟想之间，被人访出，未曾做完。不意归来见思风③续新。(末)下一句是那影云续的了?(生)是。(末)我且问你，那时你归来时节，影云可还在么?(生)一瞬，早则见苔痕踏损，早则见鞋跟去稳。哪讨个评鸾品雁，片刻语温存?

【前腔】(外)老爷，我怜贫，假榻在寒门。杜言的父亲，与生员原是故交。只因友谊，把西斋借他住下，只隔中堂、晓暮通问。老爷，看他的诗句呵，分明是**引凤挑鸾，致文君夜奔**。（末）那苍头上来。（净上介）（末）你主人与那影云做事，你岂不知？从实招来，免受刑罚。（净）老爷，那晚主人不在，影云小姐步月中庭，偶入西斋间，看他**评文，见壁上新诗题半，便搦管**④**偶完一韵**。那时主人回来，小姐已去。只此便是实情。老爷，刚刚⑤这两间房子，怕**瞒不过我老人，两眼的的**⑥**看来真**。

（末）不打不招。（拔签介）与我拿下去打。

（卒打生介）

【前腔】（末）**题诗宁没因，引诱良家眉黛初匀**。秀才文章不去做，做什么诗！不思量**雕琢文章，反祭甚诗神**。还问，**不问你花眠柳困，则问你香消玉损，这一命问谁行**⑦**讨取？兀自想抽身**。

（批介）审得杜言以淫词引诱致死良家女子，依律拟成死罪。

（生慌求介）

【前腔】哀求老大人，人命关天，还祈详讯。是不过**几句诗儿，须索**⑧**要笔下超伸**⑨。（末）收监。苍头讨保出去。（封门）（末下）（生、净、外出介）（生、净哭介）（生）**何忍忍，撇下你辛勤老仆**。（净）相公，**忍见你颠连苦困**。（合）**刚顷刻生离死别，叫不应灵神**。

（卒作打开）（押生下）

（净）郭老相公，你自己逼死了小姐，倒把我相公问了死罪。天理人心，少不得按院⑩来，还要告哩。

（外）胡说！

集唐　近来人事不须论，金口三缄示后昆。

冷眼静看真好笑，妖讹成俗污乾坤。⑪

注　释：

① 立等：即时等候着。

② 灾迍（zhūn）：灾难，祸患，亦作"灾屯"。

③ 思风：创作的文思，语出陆机《文赋》"思风发于胸臆，言泉流于唇齿"。

④ 搦（nuò）管：执笔为文。搦，握，拿着。管，指毛笔。

⑤ 刚刚：仅仅。

⑥ 的的：清楚，鲜明。

⑦ 谁行：谁人。

⑧ 须索：须要，必须。

⑨ 笔下超伸：判案时从轻发落，予以开脱。超伸，意同"超生"，比喻宽恕或开脱。

⑩ 按院：明代巡按御史的别称。

⑪ 近来人事不须论、金口三缄示后昆、冷眼静看真好笑：出自徐夤《上卢三拾遗以言见黜》"骨鲠如君道尚存，近来人事不须论。疾危必厌神明药，心惑多嫌正直言。冷眼静看真好笑，倾怀与说却为冤。因思周庙当时诫，金口三缄示后昆"。妖讹成俗污乾坤：出自徐夤《寓题述怀》"大道真风早晚还，妖讹成俗污乾坤。宣尼既没苏张起，凤鸟不来鸡雀喧。刍少可能供骥子，草多谁复访兰荪。尧廷忘却征元凯，天阙重关十二门"。

第十五出　省诉（萧爻韵）

【仙吕入双调过曲】【字字双】（丑扮老学官上）当年帮补①太风骚，年少；一朝脱了旧儒袍，作教。虽然不比甲科摇，也是顶纱帽。若论年纪，有谁高梁灏②？

自家宁波府儒学教官③便是。十二三岁做了秀才④，十七八岁俨然帮补。场内的馒头粉汤，准准的吃了十五六次；考外的观风月课⑤，足足的占了二三十遭。看看耳目皆昏，须发尽白，我那小孙说道："公公，世间有几个梁灏？公公有了这些年纪，不选个官儿，撰⑥些银子来用用，却不是一场春梦？"我道："孙儿也说得有理。"因此选了个宁波府府学⑦教官。所喜历年的宗师⑧大坏文风，各行贿赂，把这些富家大户一字不通的童生俱已进完，因此来见的新进生员不是上户，定是中户。更喜宗师于尝例⑨之外，更广几十名，那些随任的⑩、批来的⑪，都送到府学里来，因此这几年上倒得了一主大钱。不想今年乔宗师欲整理士风，修饬文体，一路考来，十分严厉。一二三还他的科举，四五六定要发落，把那历年的新进不知去了多少。就是考我们教官，也比往年不同。倘把我这老寿星考低了，怎么处？闻得马船将到坝头，已曾叫斋夫⑫去请这些秀才到郊外迎接，想都传到了。

（杂扮斋夫上）官名叫路次⑬，别号是斋夫。（见介）禀老爷，众秀才家俱已传过，迎接去了。闻座船将过坝了。

（丑）这等，我们迎接去。快打轿。

（外扮县学⑭教官上）欲投新考试，打点旧文章。

（杂）县学老爷来了！（见介）

（外）老寅兄⑮！宗师考得利害，奈何？

（丑）老寅兄大才，怕他怎的！只是今年取了真才，孤寒多了，我们的生意恐不比往年。怎么处？

（外）正是呢。闻已过坝了，我们一路接上去罢。

地杰斯文重。

（丑）官卑吾道尊。（同下）

注　释：

① 帮补：逢迎，凑趣。

② 梁灏：字太素，北宋郓州须城（今山东东平）人。少年丧父，由其叔父抚育成人。雍熙二年（985），考取状元，任大名府观察推官，时年23岁。《三字经》中称梁灏82岁才中状元，不确，但该说在民间影响甚大。

③ 儒学教官：明清时担任儒学教职的官员，府学称教授，州学称学正，县学称教谕。儒学，旧时各府州县所设立的学堂叫儒学。

④ 秀才：儒生经县考、府考、全省学政的院（道）考，取中后进入儒学读书的称秀才，亦称生员。

⑤ 观风月课：观风，古代行省学政按一地后，往往拟出经解、策、论、诗、赋等题目，令童生、生员选做，以观察各地士风及文化风俗。月课，明清时每月对学子进行考试。

⑥ 撰：同"赚"。

⑦ 府学：古代府一级官办教育机构。

⑧ 宗师：秀才称录取自己的学政为宗师。

⑨ 尝例：同"常例"。

⑩ 随任的：随同赴任而来的。

⑪ 批来的：幕僚或书办代为拟批的。

⑫ 斋夫：旧时学舍中的仆役。

⑬ 路次：路途中随行的仆役。

⑭ 县学：古代县一级官办教育机构。

⑮ 寅兄：旧时同僚之间的敬称。

第十六出　魂啼 _{（尤侯韵）}

【新增引子】【三叠引】（小生官服）（门子①、从人上）**春风一路文光透，绿水青山果秀。下马识文风，多说四明才薮②。**

评文不敢任欧阳③，一片公心可矢苍④。欲拔孤寒多执法，诸生谁敢混青黄。下官乔因皐⑤，吴松人也，由进士出身，奉圣旨校士⑥两浙⑦。下官一生鲠直，半世孤高。只看文章，誓改历科旧弊；不容情面，但存宠命新曹。拔孤寒于无日之天，录多士于用才之世。一路考校来，颇得几名佳士。闻四明乃才薮，更当严试。叫门子，船到哪里了？

（门）已到西郭外了。

（众教官捧手本上）宁波府儒学教官迎接老大人。

87

（小生）分付各官免见。

（门传介）

（秀才上）宁波府六学生员⑧迎接太宗师。

（门传介）知道了。（众下）

（小生）天色已晚，暂且停舟，明日下马行香⑨。

（众应下。内作起更介）

（小生）舟中夜静，仁、钱⑩尚有几个卷子不曾看完，且看他几卷。（作剔灯看卷介）

【南吕过曲】【太师引】蘸霜毫，错落明珠走。这一卷也好。**缕金外经思⑪细幽，光怪里措词新秀。**看此生必非池中物也。**困寒窗灯火难留，长安必是攀花手。**取他特等，尽可去得。再看一卷。（内二更介）（小生换卷看，摇首介）不好不好。**都则是新来铜臭，于何处寻他语头？**分不出**春华秋实，尽一谜⑫胡诌。**

（作丢介）身子困倦，且假寐片时，起来再看。（隐几⑬介）

（内打三更介）

（旦道妆上）切念弘深大势力，为人点出目前机。六根总摄超文便，一句弥陀直指归。我影云，奉佛爷法旨前往西郊乔公船外，假妆女鬼啼咏前诗，救取杜言。来此已是。你看这河光练月，晚色吞烟，逼似那宵光景，反觉凄楚人也。

【宜春令】街初静，水自流，只道这业身躯终无转头，哪知尸骸幻帖，佛门变化难穷究。始信这**倒枯藤粉质空留，点曹溪**⑭**冰肌无垢**。那边座船就是了，待朗吟几句。（吟介）"因君憔悴解君愁，累我冰肌一点雪。"**轻讴，敢吹到他慧耳含风，梦魂初构。**

（再吟介）

（小生醒介）呀，何处吟咏之声，漏入蓬底。其音凄楚，似有悲泣之状。

【琐窗寒】听悲啼，似有甚关愁。鸟啄樱桃是女流，敢是**明珠欲溜，神女来游。**（旦又吟介）（小生）**早吹残野，梦梅花清瘦，孤檠**⑮**影凄凉时候。**这夜静更深，敢在我舟边朗吟诗句，料必不是个人，多应是个鬼魂。或者要我伸冤，也不见得。但下官奉命校士，原无民社之司。你这鬼魂，若是有关秀才的，当再吟两句，吾当为汝伸冤。（旦又吟介）（小生）**风流秀才们，若个锦缠头**⑯，**鹃弦**⑰**泣断寒流。**

慧耳含风
梦魂初构

（旦）他已知道，吾当回复佛爷去也。正是：夜来一雨雪消镕，万叠青山如洗出。^⑱（下）

（内四更介）

（小生）呀，我方才说了几句，她又吟了两声，如今寂然无声，想是鬼魂已去。早起行香，须索先访问这件事要紧。

（内五更介）

【东瓯令[1]】啼魂去语初收，冷月吹灯浪拍舟。悲吟恍惚还回首，隔水钟声透。风归叶树冷飕飕，有梦也难投。

【尾声】朝来须把这根原究，听远岸鸡声尚未周。这时节呵，试问你那**梦边游魂**在何处走？

集唐　风流大底是伥伥[2]，实行丹心仗彼苍[3]。死恨物情无会处，结成冰亦蒨罗裳。^⑲

校　勘：

[1] 东瓯令：戏曲曲牌名，原文作"东欧令"，今据意改。
[2] 伥伥：原文作"张张"，今据文意照所引原诗改。
[3] 实行丹心杖彼苍：行，原文作"竹"。仗，原文作

"伏"。均为抄刻之误，今据文意照所引原诗改。

注　释：

① 门子：官府中随侍左右的仆役。

② 才薮：人才聚集处。

③ 任欧阳：以欧阳修自任。欧阳修主持文坛时善评文识人，奖掖后进。

④ 矢苍：向上苍发誓。

⑤ 乔因阜：字思绵，陕西耀州人（今陕西铜川市）。嘉靖辛酉举人，隆庆二年（1568）进士。万历初任浙江督学道。下文称其为吴松人，有误。

⑥ 校士：考评士子。

⑦ 两浙：浙东和浙西的合称。唐肃宗时析江南东道为浙江东道和浙江西道，钱塘江以南简称浙东，以北简称浙西。

⑧ 六学生员：唐代官学有六学二馆，六学指国子学、太学、四门学、律学、书学、算学，隶属国子监。这里六学生员泛指士子。

⑨ 行香：新官赴任后举行入庙焚香礼拜的仪式。

⑩ 仁、钱：仁和县与钱塘县，均是杭州府属邑。

⑪ 经思：构思、章法。

⑫ 一谜：一味。

⑬ 隐几：伏在几案上。

⑭ 曹溪：禅宗南宗别号。以六祖慧能在曹溪宝林寺演法而得名。

⑮ 孤檠（qíng）：孤灯。

⑯ 锦缠头：古代歌舞艺人演毕，客以罗锦为赠，置之头

上，谓之"锦缠头"。后又作为赠送女妓财物的通称。

⑰ 鹍（kūn）弦：用鹍鸡筋加工后制作的琵琶弦，光润晶莹，呈淡金色，且极坚韧，余音清脆。亦泛指乐器的弦。

⑱ "夜来"句：出自释原妙《偈颂六十七首其三十二》"一年已减五日，光影如驹过隙。直须如救头然，切莫随情放逸。夜来一雨雪消镕，万叠青山如洗出"。

⑲ 风流大底是伥伥：出自韩偓《寒食夜有寄》"风流大抵是伥伥，此际相思必断肠。云薄月昏寒食夜，隔帘微雨杏花香"。实行丹心仗彼苍：出自韩偓《偶题》"俟时轻进固相妨，实行丹心仗彼苍。萧艾转肥兰蕙瘦，可能天亦妒馨香"。死恨物情无会处：出自韩偓《寄恨》"秦钗枉断长条玉，蜀纸虚留小字红。死恨物情难会处，莲花不肯嫁春风"。结成冰亦蒨罗裳：出自韩偓《荔枝三首》"巧裁霞片裹神浆，崖蜜天然有异香。应是仙人金掌露，结成冰入蒨罗囊"。包燮有改动。

第十七出　友谊 (萧豪韵)

【双调过曲】【吴小四】(净①衣巾上)五一遭，四一遭，从来考得高。目下宗师又到了，二三十岁的生员难告老。(跌足介)好遇着独目乔②。

自家叫做万替，读书全然不济。家私约有万千，只亏祖宗争气。买了这顶头巾，则要保全家计。哪知到得手时，先是几本愿戏③。明日堂考就来，老大送些贽意④。不是府县作养⑤，便求道厅荫庇。一年八节四时，不怕不由送去。相交门子差公，结识皂头书吏。香扇鞋袜等项，都是寒荆⑥亲制。(恨介)所恨那同学的人，也要奉承我几句。

(内)怎生奉承你？

(净)你道好不骂得刻毒。道我一窍不通，也要人

94

前放屁。只得费些酒食,寻常买他的口闭。凡是季考观风,定要倩人代替。若遇岁考来时,足色纹银现兑。考得三等平安,合家欢天喜地。咳!祖宗祖宗,你只要保守家私,哪知反为秀才所累。摇摆不上十年,祖上家私大退。如今不死不生,只愿写了退契⑦。学生余姚岑六十是也,与慈溪龚廿八往来。那年宗师按临⑧宁郡,学生就买进在慈溪县籍。历年宗师来考,必然用些手脚。不想今年宗师姓乔,你道一个人好姓乔?妆乔做乔⑨,自然古怪起来。莫说考场里没处用手脚,就是讲书的签⑩也不曾买得。咱好咱好⑪呀?前面来的,好像龚兄。待我且躲过一边,听他说些什么。

【前腔】(丑⑫上)**极风骚,会摆摇**,若遇着宗师来了,**就如鼠见猫。**学生自中秀才以来,有一大愿未曾酬得。(内)什么大愿?(小丑)愿我那皇帝老官颁下一道勅书,把那宗师裁了。**新诏皇恩真不少,竟把文宗裁革了。**(指巾介)**这巾儿怕戴不牢。**

学生慈溪龚廿八便是。宗师下马行香,所喜签已买下。那讲书一厄,可免矣。

（净打介）曾替小弟买下不曾？

（小丑）你怎么这时节才来？我一定道你有病了。

（净笑介）天杀的。病倒要病，哪里病得来？如今怎么处？

（小丑）迟了呢。

（丑作计较 [13] 介）

（末 [14] 上）遇事验交情，今日要朋友。（见介）龚兄，小弟哪一处不寻到。（指净介）此位？

（小丑）姚江岑兄寄学在敝县，原是敝相知。

（末）久仰。（出呈介）龚兄，杜兄一事，今日朋友都有公呈 [15]，小弟已将吾兄借重 [16] 在里头了。

（小丑）这个自然当得。

（净扯小丑介）这没要紧的事，不要去管他。替小弟去料理料理。

（末）岑兄，怎说是没要紧的事？

【玉抱肚】谁无事了，验交情难辞这遭。（净）龚兄，那个宗师不比得别的，好省的尽可省些。（末怒介）唉，那杜朋友与龚兄原是旧交，你怎么阻他？**递公呈何碍前程？只请教时怕有蹊跷 [17]。**（净）这老兄也太轻薄，人不敢欺，学生也曾岁考几次。〔末〕**腹中谁与你较低高？只贵县之人不可交。**

【前腔】〔净〕**尊兄太傲，论区区也非软包。**〔末〕倒是麦包。〔净〕是了龚兄，他敢也是府学，怕小弟占了他的案首^⑱么？〔末〕好货。〔净〕**若相争尚有龚兄，不劳伊恁地心焦。**〔小丑作劝止介〕全兄，你岂不晓得，**嘴儿极硬，是这老余姚，**与他钻甚皮来扯甚条^⑲。

〔内作喊介〕

〔小丑〕呀，府县诸公都来了，宗师就到。快些伺候去。

〔各诨^⑳下〕

注　释：

① 净：本出中，净饰演书生万替。

② 独目乔："独木桥"谐音，"桥"与宗师"乔因阜"之姓氏双关。

③ 愿戏：旧时有钱人家为了祈福、禳灾、求寿，在神前许下香愿，请戏班唱戏以示诚心，称"愿戏"。如愿得偿后，再演酬神的正戏。这里指买个秀才身份只是愿戏，后面还有宗师的考试。

④ 贽（zhì）意：贽礼，拜见时赠送的礼物。

⑤ 作养：培养，栽培。

⑥ 寒荆：旧时对人谦称自己的妻子。

⑦ 退契：原指田地买卖中，买主将田地退还原卖主而立的契约。这里指想退还秀才身份。

⑧ 按临：学政到达其主管地区主持考试。

⑨ 妆乔做乔：装腔，做作。

⑩ 讲书的签：回答考官提问时，夹在书中用以提示的签条。讲书，解释书中的内容，古时学校的一种教学方式。

⑪ 咱好咱好：方言，怎么办之意。

⑫ 丑：本出中，丑饰演书生龚廿八。

⑬ 作计较：想计策。

⑭ 末：本出中，末饰演书生全友。

⑮ 公呈：旧时公众联名呈递政府的一种公文。

⑯ 借重：借他人之力，多用作敬辞。这里指在杜言诸友为杜言开脱的公呈中也列上了龚廿八的名字来助势。

⑰ 蹊蹻：同"蹊跷"，指奇怪、可疑。

⑱ 案首：明清时，各省学政于考试后揭晓名次，称为发案或出案。凡府、州或县学考试之第一名，称为案首。案，意即考试。

⑲ 钻皮扯条：较真纠缠，拉扯争论。

⑳ 诨（hùn）：打诨，也叫"插科打诨"，指穿插在剧情中的滑稽、幽默、机智的语言、动作，可引观众发笑。

第十八出　讲书（家麻韵）

（外官服上）清名惭太守。

（小旦官服上）惠政愧文林。

（外）下官宁波知府董清是也。

（小旦）下官鄞县知县林胡是也。（见介）

（外）宗师想就到了。

（丑、末上）

（丑）冷坛①维任重。

（末）植己②贵端良。

（见府县介）

【双调引子】【夜行船】（小生引二卒上）停舟子夜鹃声下，伴啼魂好生惊诧。古树高撑，新萝远挂。（众秀才上接介）（小生）早则见诸生迎迓。

（赞礼生③作引小生入，谒圣介）

（府县官、教官、秀才各见介）

（礼生引入明伦堂④，府、县各坐介）

（丑）鸣讲鼓⑤。

（内鼓三通介）

（丑）供书案。

（杂作扛桌介）

（丑作拔签介）宁波府府学生员全友。

（末）生员有！（翻书介）"子曰：'饭蔬食，饮水，曲肱而枕之，乐亦在其中矣。不义而富且贵，于我如浮云。'"⑥这一章书，是孔子重节义而轻功名也。夫子周流列国，而至有丧家之谤，岂不以夫子沾沾于富贵哉？然夫子何尝一日忘天下也。不能一日忘天下，又安得以富贵自讳？但富贵有义、不义焉。义而富贵，何所不可？不义而取，夫子何曾？以是而知夫子之不苟且于富贵者，在吾鲁国犹然，况其他哉。故曰："饭蔬食，饮水，曲肱而枕之，乐亦在其中矣。不义而富且贵，于我如浮云。"

【过曲】【清江引】人生富贵谁甘罢，不义真难假。愁向玉堂[7]前，乐在衡门[8]下。饮一回，枕一回，当作浮云耍。

（对案揖退介）

（丑再拔签介）宁波府慈溪县学生员岑六十。

（净作惊介）生员有。（翻书介）"子曰：周监于二代，郁郁乎文哉，吾从周。"[9]周监，是个人名。二代，要看注。《语》注云："二代，夏商也。"冬商是米，夏商是麦，细哉。郁郁，扁担之声也。乎文哉，担夫之名也。他说颓[10]这两袋麦重，须从之舟去哉。

【前腔】如今二袋真无价。（小生）怎么无价？（净）宗师老大人，这几年的稻子都要五六两一担，难道这两袋麦更不值三四两？如今穷儒看了这两袋麦，真是无价之宝。银水又十去八。（小生）这怎么说？（净）太宗师，目下银水都是闷青，那些做小本经纪的，对充也要准，六铜四铅也要准。譬如撰得一钱银子，拿到银铺里一煎，不上二三分了。到米铺，籴不出四五合米。岂不是银水又十去八？（小生）有司怎生不禁？（净）屡次也曾禁过，争奈这些倾银铺子里，官府禁约有如耳边之风，枷示杖惩只当戏玩之具。除非枭首示众，方得世界清平。**是必要从舟，船钱又争多寡。**（小生）那船钱也有限的。（净）太宗师，当初讨船，便十里之遥，也只消一二分银子。如今不上半里，就要五六分、七八分。（小生）怎成这等贵得紧？（净）都是这些兵丁用强，明日也拿船，后日也拿船。这些船户也不敢备船，便有几只小船儿，都藏过了，慢慢的索价。是了，方才有船见面，及至到得城门，那些城兵又要两双蜡烛。（小生）这又怎么说？（净）太宗师还没有知道，而今这些城兵好不利害。凡有物件出入，定要抽分；抽分之外，又要蜡烛。当初一双牙烛值不得半分银子，而今一双牙烛定要三分。这两袋麦中要两双烛，却又费了几分银子。及拿得到家一算，不知当了多少银子。**更有那担夫钱，还未话。**

（对案揖退介）

（小生）这生虽然一味胡言，倒也切些民情利弊。

（丑作给纸笔与末、丑介）

（小生）本道职司风教，其于尔多士，不敢恕责，亦不必苛求。假规避以激清，叛经典而斗捷[⑪]。本道肃襟澄怀，行将与尔多士遇于天机灭没之中，必不至撷春华而忘秋实也。

（末、众）是！

（小生）浙士素称淳厚。时有败类，颇染嚣浇[12]，以规步为拘墟[13]，以佻达[14]为放达，捏造讴谣，编次单款[15]，飞语及于帷簿[16]，诐辞[17]变其苍黄[18]。至若包揽词讼，出入衙门，情溺锥刀[19]，身名并丧。本道爱才虽殷，疾恶实严。三褫[20]之典，法在一试。

（末、众）是！

（小生）明伦非养老怜贫之地，教官乃正己率物之身。居是官者，访表必饬，劝课时勤。务令士习正而教化民。

（丑、众）是！

（小生）至于诸生优劣，尤人才世风所关，须留心遴访。前本道已有条款颁来，汝等量已点目。今入境校士，将以此辨苴蓿斋头[21]优劣矣。

（丑、末、众）是！

（末、小丑跪，具呈介）生员全友等为公举事：府学生员杜言为家贫未娶，偶尔题诗，适与友人他出，同居女子郭影云偶然续完。其父生员郭茂才见女墨迹，大疑讯问。影云追悔，即晚赴水。郭生员讼之，府官问成大狱。望太宗师念杜言偶题诗句，并无淫迹可指，得求笔下超生，合学焚顶[22]。

（小生）起来。

（门子作收呈介）

（小生向府县介）本道昨晚停舟郊外，但闻幽暗之中渐作鬼声，咏诗两句，真所谓如泣如诉、如怨如慕。

（府、县）请问老大人，诗句可记得否？

（小生）道是"为君憔悴解君愁，累我冰肌一点雪"。

（末惊禀介）此即影云绝命词也。

（小生）原来有此异事。那时本道即呼："此鬼魂，汝若关秀才的，当复吟而去。"果然又吟两句，阒然[23]无声。

（府、县）这也奇绝。

（小生向外问介）前日问官，便是贵府了？

（外）知府才到任半月。

（小生）原来如此。下午即拘一干人犯听审。

（末、众）多谢太宗师！

（小生作起身，府县等送介）（俱下）

（末、净、小丑见介）

（净）龚兄，本府有此异事，敝县并不知道。

（末）岑兄讲得好书。

（净）惶恐惶恐！

（小丑）全兄，这纸公举，定该进的。

（净）自然。

（各诨下）

注　释：

① 冷坛：无香火供奉，即为冷坛破庙。这里形容丑角所
　扮演的宁波府儒学教官来拜见的门生稀少。

② 植己：培植自己的亲信。

③ 赞礼生：又称礼生、主礼生，仪式主持人。

④ 明伦堂：旧时多设于文庙、书院、太学、学宫的正殿，
　是读书、讲学、弘道之所。

⑤ 鸣讲鼓：司鼓者击鼓三下，以示开讲。

⑥ "子曰：饭蔬食"句：出自《论语·述而》。

⑦ 玉堂：玉饰的殿堂，泛指宫殿。

⑧ 衡门：横木为门。指简陋的屋舍。典出《诗经·陈
　风·衡门》，有论者认为有隐者安贫乐道之意。

⑨ "子曰：周监于二代"句：出自《论语·八佾》。监，
　借鉴。二代，指夏商两个朝代。郁郁，丰富繁盛。这

是孔子称颂周代文明昌盛之词。岑六十后面所胡乱解读的"周监是个人名""冬商是米，夏商是麦"之类，是作者借净角的表演插科打诨。

⑩ 颓："驮"的方言音。

⑪ 斗捷：竞相比赛、斗胜。

⑫ 嚣浇：嚣张，浇薄。

⑬ 拘墟：亦作"拘虚"。意为孤处一隅，见闻狭隘。

⑭ 佻达（tiāotà）：轻薄放荡，轻浮。

⑮ 单款：匿名诉状。

⑯ 帷薄（wéibó）：帷幕和帘子，借指内室。

⑰ 诐（bì）辞：偏邪不正的言论。

⑱ 苍黄：本指青色和黄色，后以"苍黄"喻事情变化反复。语出《墨子·所染》"染于苍则苍，染于黄则黄；所入者变，其色亦变"。

⑲ 锥刀：指追逐微利，逐利。

⑳ 三褫：语出《周易·讼》："上九，或锡之鞶带，终朝三褫之。""朝"为早朝，"终朝"即一个早上，"褫"即夺、取消，大意为：与人争讼，虽一时获得了利益，早晚也会被夺走。

㉑ 苜蓿斋头：指儒生的寒舍。苜蓿，一种自西域引种的植物，可做马的饲料，亦可食。

㉒ 焚顶：焚香顶礼，表示虔诚。

㉓ 阒（qù）然：形容寂静无声的样子。

第十九出　出狱（齐微韵）

（净扮禁子①上）只是罪人无好意，哪些狱内好修行？自家禁子便是。自从去年发下那个穷鬼，至今不拿些支使钱来，气他不过。今日再拿他出来到笼里坐一坐。死囚哪里？

【商调引子】【风马儿】（生囚服上）**拘缚难容半步离，蛙蝇分席而栖②，愁深不作皋陶③祭。图门如水，冻却梦魂飞。**

（净）狗囚！自古道靠山吃山、靠水吃水，自你进来，怎生的是油水钱草食钱？

（生）咳！禁子哥，我杜言岂不晓得？怎奈我手无半文。待我家人或措得几分来，即当奉送。

（净）放你娘的屁！请进里面坐坐。（推生入笼介）

107

（生）咳！我想哑女真活佛也。自从那一次见她惨容而归，谁知就有这般苦楚。咳！我的小姐嘎！不知是你害了我，也不知是我害了你。你看把我换在这所在，生不生，死不死，真好苦也。

【过曲】【胜如花】偕虫卧，伴雨啼，未死先疑是鬼。想这一句诗呵，分明是鹏④声儿带月催魂，哪里是鹊语儿临风报喜。又未识香闺何意，我偶关情非因你题，你怎惊春偏投我期。顾影徘徊，怕违了佳人聪慧，因此上珍重你五言珠翠。又谁知两命离披⑤，又谁知两命离披！

（小丑上）上命差遣，盖不由己。（向狱叫介）

（净）是哪个？

（小丑）奉学道老爷火牌⑥，连拘犯人杜言听审。

（净作慌开门）

（小丑进介，向生介）提学道老爷唤你哩。

（生）宗师几时到的？

（小丑）昨日到的。想有公呈递了，要你听审。看你造化哩。

（生）不知是哪些朋友？谢天谢地！

（小丑）快去快去！

集唐　日斜官树闻蝉满，孤客逢秋感此身。

　　　持法不须张密网，恩波自解惜枯鳞。⑦

注　释:

① 禁子：旧称在监狱中看守罪犯的人，狱卒。
② 蛙蝇分席而栖：典出《墨子·墨子后语》:"子禽问曰：'多言有益乎?'墨子曰：'虾蟆蛙蝇，日夜恒鸣，口干舌擗，然而不听。今观晨鸡，时夜而鸣，天下振动。多言合益? 唯其言之时也。'"蝇，据清代学者孙诒让之说，当作"鼀"，青蛙的一种。蛙蝇本是同类，现分席而栖，指朋友绝交、避让。
③ 皋陶：传说中东夷族首领，相传曾被舜任命为掌管刑法的官。后即以皋陶为监狱的代称，并在监狱中建"皋陶祠"祭祀。
④ 鹏（fú）：古书中一种不祥之鸟，形似猫头鹰。
⑤ 离披：衰残、凋敝貌。
⑥ 火牌：古代军中符信之一，后用来称呼传达命令的凭证。
⑦ 日斜官树闻蝉满：出自钱起《送兴平王少府游梁》"旧识相逢情更亲，攀欢甚少怆离频。黄绶罢来多远客，青山何处不愁人。日斜官树闻蝉满，雨过关城见月新。梁国遗风重词赋，诸侯应念马卿贫"。孤客逢秋感此身：出自崔峒《赠元秘书》"旧书稍稍出风尘，孤客逢

秋感此身。秦地谬为门下客，淮阴徒笑市中人。也闻阮籍寻常醉，见说陈平不久贫。幸有故人茅屋在，更将心事问情亲"。持法不须张密网、恩波自解惜枯鳞：出自刘长卿《狱中闻收东京有赦》"传闻阙下降丝纶，为报关东灭虏尘。壮志已怜成白首，余生犹待发青春。风霜何事偏伤物，天地无情亦爱人。持法不须张密网，恩波自解惜枯鳞"。

第二十出　释贤 <small>(皆来韵)</small>

【双调过曲】【北新水令】(小生引二卒上) 盰劳^①天子日征才，怎挥毫，把一个秀才轻坏？诸生公作解，小鬼夜啼哀。(看公呈介)把笔停猜，定有甚冤情在。

(小丑带生上)

(丑带外同上)

(卒)犯人进。

(众跪介)

(小丑)郭茂才！

(外)有！

(小生)杜言！

(生)有！

(小生)你把引诱影云一事从直招来，免受刑罚。

（生）老爷听禀。

【南步步娇】那日寒窗闲挥彩，这不过是**穷况无聊赖**。此时小的为一故人访出，未及做完。**西风罢鸟嘈**②，**到得归来，早留下句钟王楷**③。（小生）你回来时，影云可还在么？（生）小的怎敢欺老爷？那时影云果然还在。小的正欲问及，那影云忽闻妹子一叫，即刻就进去了。**步影不曾挨，匆匆何处，把诗心卖？**

【北折桂令】（小生）**靠东墙**既有个**穷侉**，怎容个**柳色当眉，好笔的裙钗？**郭茂才！（外）有！（小生）怪不得你**老王孙见影生猜**，逼得她**身沉泪海，魄葬琴台**。杜言！（生）有！（小生）则你这**马相如**④**初心自改**，又道是**卓文君片语怜才**。（生）老爷，小的并无此心。（小生笑介）你也不须争得，有几个**柳下**⑤**怀揣，男子重来？**或者这**半搭流连，便没甚和偕**。

（外）老爷，他的父亲与生员有笔墨之雅，生员怜他父亲亡后家业萧条，因此把西斋借他住下。

【南江儿水】他**不守先人戒，浪作乖淫词，背地把闺门坏。作事从前非无责，分明绣出鸳央**⑥**带**。（小生）你怎么便就知道？（外）生员偶然到他斋头，见壁上女儿墨迹，因而讯及次女。（小生）你还有个女儿么？叫什么名字？（外）叫做暎月。（小生批卒手介）拘暎月听审，不许啰唆。（卒应下）（外）那时生员呵，**不禁心儿惊骇，直恁妆乖，月冷浸魂波外。**

（卒拘小旦上）

（小旦）不解出闺门，岂谙见官长？（进介）

（卒）暎月当面[7]。

（小生）不须害羞。

（小旦跪介）

【北雁儿落】【带得胜令】（小生）问你个**会题诗**的**姊姊何处来？**（小旦）姊姊原曾到杜言斋中去来。（小生）问你个**能调嘴**[8]的**妹妹何方在？**（小旦）小妇人自在闺中。（小生）却不道**伴妆楼早晚偕**，偏则是**出绣阁须曳懈**。（小旦）那时正寻姊姊，不意姊姊到来，道及此事，悔之不已。（小生）是她说与你知道的么？（小旦）正是。（小生）这就可见她的心迹了。她若有情，岂肯泄漏于你。呀！这须是女孩家**卖弄笔头乖**，出落得墨光埋。一个是**诉月魄无心载**，一个是**戏梅魂不意栽**。（外）杜言引诱非一日矣。（小生）**驽骀**[9]，已将她小字儿轻扬外；狼豺，定要把丑名儿挂了牌。

【南侥侥令】（小旦）冰肌何日买？玉质几曾埋？绝命词儿多自责。（出绝命词介）（小生收看介）（小旦）望青天、须鉴裁，望青天、须鉴裁！

【北收江南】（小生）呀！看哀词、果是这鬼奴胎，断魂恰逐月痕来，一团凄楚不曾衰。前晚本道[10]傍舟郊外，只闻幽暗之中，渐作鬼声。侧耳听之，便吟咏起来。你道吟的是什么？便是这两句。（外、小旦惊介）（小旦）这是姊姊的精灵不散也。（小生）杜言，那影云好生含怨。你也听啼声可哀，听啼声可哀。你便填一命也应该。

（生作慌求介）

【南园林好】想真魂，岂含情在夜台；念余生，敢忘恩在草莱。尽消受风摧霜败，求笔底恕枯骸，求笔底恕枯骸！

【北沽美酒】【带太平令】（小生）领春曹[11]、课士来，领春曹、课士来。两浙里凤麟排，怎把个鸿儒伴女孩？况嘲风弄月，偶尔裁排。郭茂才！（外）有！[1]（小生）你打问的闺防不坏。暎月！（小旦）有！（小生）

你**进言的女箴**^⑫**不坏**。（向外介）你那儿呵，操冰的贞心不坏，握雪的节声不坏。（判介）嘲风弄月，出之无心；握雪操冰，确乎有节。杜言！（生）有！（小生）**俺呵，**也全不是**怜才爱才，一谜价**^⑬**重才**。呀！还则是你**罪名儿犹欣不大**。

（生叩头介）谢老爷！

【北煞尾】（小生）这也是你**一时间欲海风情债，**免不得**受了些烈火干柴**。郭茂才！你好去收拾你那**波底幽灵出欸乃**^⑭。

（引卒先下）

（外）杜郎，你也不可怪我。

（生）小侄怎敢怪老伯？就是题诗那前日，白檀寺的哑女已将惨容示小侄矣。

（外）我也闻得哑女能示吉凶，原来如此。别了罢。（引小旦下）

（净持衣巾上）相公相公！（作见生介，哭介）

（生）学道老爷把我出了罪名了，不知是哪些相公公举^⑮？

（净替生换衣巾）是全相公为头，这巾服也是他送

115

一时间欲海风情债
免不得受了此烈火干柴

《云石会传奇》校注

来的。

（生）原来是全友兄，怎生报得他尽。

（内作喊看挂牌⑯介）

（生）有挂牌了，你去看来。

（净下，即上）相公，明日统考五县，相公许一体附考⑰。这遭好了。

（生）逃得性命出来，已为万幸，还想甚么功名。

集唐　砚匣留尘尽日封，悔将名利役疏慵。

　　　向人虽道浑无语，为想年来憔悴容。⑱

校　勘：

［1］有：原文缺，今据上下文意补。

注　释：

① 旰（gàn）劳：旰食之劳，天色已晚才吃饭。形容勤于政事。

② 喈（jiē）：鸟鸣声。

③ 钟王楷：钟繇与王羲之书法。

④ 马相如：即司马相如。

⑤ 柳下：指柳下惠，有坐怀不乱之称。

⑥ 鸳央：即"鸳鸯"。

⑦ 当面：旧时官场用语，指上堂见官。

⑧ 调嘴：耍嘴皮子。

⑨ 驽骀：劣马，喻才能低劣者。这里及下文的"狼豺"都是乔因阜称郭茂才庸劣无能，公堂上告发杜言引诱影云，其实是败坏了女儿的名声。

⑩ 本道：乔因阜自指。道，学道。

⑪ 春曹：礼部的别称。

⑫ 女箴（zhēn）：古代针对女性的规劝、告诫性的韵文，西晋张华曾作《女史箴文》来讽刺贾后。后泛指约束女性的道德准则。

⑬ 一谜价：一味地，一径地。

⑭ 欸乃（ǎinǎi）：象声词，行船摇桨或摇橹声。

⑮ 公举：公众推举。

⑯ 挂牌：悬挂的告示牌子。

⑰ 许一体附考：允许杜言随同其他秀才一起参加科考。

⑱ 砚匣留尘尽日封、为想年来憔悴容：出自柳宗元《柳州寄丈人周韶州》"越绝孤城千万峰，空斋不语坐高春。印文生绿经旬合，砚匣留尘尽日封。梅岭寒烟藏翡翠，桂江秋水露鲷鳙。丈人本自忘机事，为想年来憔悴容"。悔将名利役疏慵：出自薛逢《五峰隐者》"烟霞壁立水溶溶，路转崖回旦暮中。鹡鸰畏人沉涧月，山羊投石挂岩松。高斋既许陪云宿，晚稻何妨为客春。今日见君嘉遁处，悔将名利役疏慵"。向人虽道浑无语：出自秦韬玉《对花》"长与韶光暗有期，可怜蜂蝶却先知。谁家促席临低树，何处横钗戴小枝。丽日多情疑曲照，和风得路合偏吹。向人虽道浑无语，笑劝王孙到醉时"。

第二十一出　呼尼 (庚青韵)

（老旦上）冷来不必问西风，莲子结成花自落。老尼自从那日约了杜相公到寺来，不想郭小姐题了诗句，被郭相公拷打，投水而死，把杜相公问成死罪。可见那圣姑又早报与他知道了。又闻得学道老爷才到，把杜相公出了死罪，不知真否？

（外上）为闻哑女异，访入白檀来。（见介）

（老旦）难得老檀越^①到此。

（外）咳！老姑姑，老夫只为遭了女儿之变，尚不曾替她招得魂，欲烦姑姑们做些功果超度她。闻宝刹有一位哑女，并求一过。

（老旦）老尼正闻小姐之变，不曾来看得。闻得杜相公出狱了，可是真底么？

（外）你还不知，我那女儿一灵不散，到学道老爷船边吟了两句绝命词。那学道老爷晓得小姐是全节的，因此把他放了。

（老旦）原来小姐这般显灵哩。

【商调过曲】【黄莺儿】（外）**为亡女一棺停，未招魂心不宁。多求佛力相招领，消她丑声，裁她罪名。**（老旦）小姐原是冰清玉洁的，只是老相公太性紧些。（外）**闺娃谁许她胡酬应。**（老旦）可惜一位如花似玉的小姐。（合）**掌中擎，孤云堕影，是必要超升。**

【前腔】（老旦）**小姐自冰清，老檀越，你恁追求没重轻，如何救得银瓶井**②？**平日见小姐呵，怎生至诚，恁般老成，题诗终是些孩儿性。**（合前③）

集唐　一灵今用戒香熏，触拨伤心不忍闻。
　　　莫怪临风倍惆怅，世间烦恼是浮云。④

注　释：

① 檀越：施与僧众衣食或出资举行法会等之信众，即"施主"。

② 银瓶井：相传南宋岳飞蒙冤时，其幼女义愤填膺，想

上书讼父兄冤情，被遏卒拦阻。一气之下，遂抱父亲
生前所送银瓶，投井殉孝，后人遂名"银瓶井"，又称
"孝娥井"。

③ 合前：重复前一曲的末数句，即"掌中擎，孤云堕影，
是必要超升"三句唱词。在南曲传奇中，同一曲牌连
用两次以上，结尾相同的数句合唱词，叫"合头"，简
写作"合"或"合前"。

④ 一灵今用戒香熏、触拨伤心不忍闻：出自韩偓《赠僧》
"尽说归山避战尘，几人终肯别嚣氛。瓶添涧水盛将
月，衲挂松枝惹得云。三接旧承前席遇，一灵今用戒
香熏。相逢莫话金銮事，触拨伤心不愿闻"。莫怪临风
倍惆怅：出自温庭筠《过陈琳墓》"曾于青史见遗文，
今日飘蓬过此坟。词客有灵应识我，霸才无主独怜
君。石麟埋没藏春草，铜雀荒凉对暮云。莫怪临风倍
惆怅，欲将书剑学从军"。世间烦恼是浮云：出自赵嘏
《赠天卿寺神亮上人》"五看春尽此江渍，花自飘零日自
曛。空有慈悲随物念，已无踪迹在人群。迎秋日色檐
前见，入夜钟声竹外闻。笑指白莲心自得，世间烦恼
是浮云"。

第二十二出　录科 ①

（庚青、真文、齐微三韵）

（杂扮撩高 ② 执锣上）一声锣欲下，惊动满场人。自家一个撩高的便是。一双眼看尽上下左右，两只耳听彻南北东西。（打锣介）那锣若响了一下，莫说那有弊的吓得屁滚尿流，就是无弊的也吓得魂飞魄丧。凭你会说话的秀才，口舌中也须净他三分；任你会做作的童生，屁眼里也要搂他一把。

（内）这也是你的造化。

（杂）虽然是搜检 ③ 的添头 ④，却为我瞭高的看过。今日考取五县秀才，只得在此伺候。道犹未了，老爷早开门也。（登高踏立介）

【仙昌引子】【小蓬莱】（小生引二卒上）**欲把人文新整，待先除剥史吞经。雍容博大，敦庞简奥 ⑤，风雅**

留声。

下官膺兹宠命，校士两浙，饮冰瞿瞿^⑥，简书是畏。昨日审问杜言，今日统考五县，许一体附考。叫左右开门。

（卒开门，生、末、丑、小丑、净同上见介）

（小生）本道童年一经，虽未敢昌黎^⑦自命，若欧阳永叔^⑧举轧茁^⑨而力洗之，难多让^⑩也。

（众）是！

（小生）诸生俱各就号。一书一经，有一字不完者，不阅！

（众各坐介，卒持题目牌传示介）

（净作交头接耳，瞭高打锣拿出介）

（小生）如何犯规？

（净）生员经题不明。

（小生）是何经？

【朱奴儿】（净唱）"我也忘记起春秋^⑪几场。"

（小生）怎么唱起曲来？

（净）这是《邯郸记》^⑫上卢生对清河崔氏唱的。那个崔氏要卢生应试，不想卢生是卷《春秋》。

（小生）原来是《春秋》。本经^⑬缘何不熟？

（净唱）"这翰林苑^⑭不看文章。"

（小生）我这里单看文章。

（净）老大人，如今的时势，有了银子，官可做，举可中，廪可补，学可进。老大人定要看文章，反觉不近人情了。

（小生）胡说！

（净唱）"没气力^⑮头白功名纸半张^⑯，直那等豪门贵党。"

（小生）一味胡言！发到学里去。

（卒作扯净出介）

（净）你们不要轻看我，我也是有声气的朋友。

（卒）好货，快出去！

（净唱）"高名望，时来运当，平白^⑰地为卿相。"

（作开门押下）

（生交卷介）府学生员杜言交卷。

（小生看介）《诗经》。

（生）生员题目，是"我心匪石，不可转也"^⑱。

（小生）大意如何？

【过曲】【五马江儿水】(生)山海外，石光严厉击，临平多载美。奈粼粼何韵，落落何姿，遇时难有泐理[19]。这玉质与天齐，冰肌岂世携。日共心期，月并心知，因此那庄姜[20]诵不已。(小生看介)好！选义考词，秉经酌雅，非木偶丹黄[21]、全无生气者可比。方则是前人旧眉，始不脱先贤深意。须不是斗摘章[22]的僻称奇。开门！(卒开门，生出介)

(末)府学生员全友交卷。

(小生看介)《书经》。

(末)生员题目，是"铅松怪石"[23]。

(小生)大意如何？

【前腔】(末)穷岛外物情难竟，便中华名，不等松铅堪羡，怪石何灵，若不是遇明王不出境。那大禹呵，德泽已无增，河工更有成，万古扬名，百世飞声。因此上这些儿都载入《禹贡》经。(小生)好，快得题旨，不仅文笔古劲也，审得个题源重轻，洗出了笔光干净。这的是美才华称四明。开门！

(卒开门，末下)

(小丑)生员龚廿八交卷。

（小生）是《礼记》。

（小丑）生员题目是"石声磬"^㉔。

（小生）大意如何？

【**前腔**】（小丑）**这一块石头真硬。**（小生）硬字就不好。（小丑）岂有石头而不硬者乎哉？**比砖儿多不等。**（小生）一发不好。（小生）**看擎来实重，掷下何轻。**（小生）怎么只管在轻重硬软里面讲？（小丑）老大人出的是"石声轻"，所以生员单在这"轻"字里做出来，**自铺张这题面境。**（小生）把题目也认差了。磬，乃打的磬，怎做了轻重之轻？好一答《礼记》！（小丑）不欺太宗师说，生员积祖是《诗经》。只因一时要做起名士来，我想要做名士，须用孤经^㉕，因此改了《礼记》。假如走到那边，人说兄是何经？（作谦笑介）小弟《礼记》。走到这边，人问兄是何经？（作惊顾介）小弟《礼记》。今日征《礼记》文，明日结《礼记》社，只要坊刻里载得几篇，原不曾书房里读得几句。**《曲礼》^㉖几曾精？《檀弓》更铁生。冒这孤经，买个虚名，哪曾思有狠宗师要考真本领。**（小生）好笑。你这等人，费尽家私，用尽心力，奔奔波波做个假名士，何不老老实实做个歪秀才？**收拾起方员令兄**[27]，**难掩这公平尊姓**[28]。（批介）不但题目做差，文理也原不通，单一味为沿途请客行。赶出去！（卒作开门赶下）

（丑）定海县学生员木对交卷。

（小生看介）《易经》。

（丑）生员的题目是"介于石"[29]。

（小生）大意如何？

【前腔】（丑）**这一块石头还脆，树墩儿犹难比。**（小生）怎把树来比？（丑）题目是"解于石"，解者，锯也，须要解将开来。**云痕有屑，起线无皮，锯将开真个美。**（小生）"介于石"，介么，中正自守、节介如石之坚也。怎么把石来解？有这样不通的秀才！（丑）咳！不瞒太宗师说，屡年宗师不做经，生员的本经已交付先生还了。倒亏近日学得些康节先生[30]的课数[31]，因此把卦头记了几个，到人前支吾支吾。不想老大人要做经，故此生员就恃了几个卦头，改了《易经》。哪知出来的一些也不知，**八卦颇能推，六爻就不知。**而今朋友们好此道的尽多，小六壬，大六壬，梅花数，一掌金，还有那排八字、看五星。[32]（小生）

怎么书倒不读，都去用这些闲工夫？（丑）当此时势，借此以作糊口之计耳。**康节名可，焦贡**[33]**相宜，**（拱小生介）**老文王在这里。**（小生）文理不通，一至于此。我且问你，**既晓得先贤指迷，曾卜过今年无悔？**（丑）倒不曾卜得。（小生）怕只怕在**须臾剥了皮。**赶出去！（卒开门赶出介）

（小生）浙中人文皋府，沐浴圣朝，果然珠玉盈籍，可敬可羡。只这两生，必当重处。封门！

集唐　江南仲蔚在蓬蒿，引手何妨一钓鳌。

**　　　却拥木绵吟丽句，衡阳纸价顿能高。**[34]

注　释：

① 录科：清代科举制度，秀才参加乡试前的资格考试。由学政预行科试，凡科考合格者方录取造册，准应本省乡试。

② 撩高：同下文"瞭高"。登高瞭望，在高处监视。这里指监试人。

③ 搜检：搜查翻检，指科举时代进入科场的搜身。

④ 添头：额外增添的物事。

⑤ 敦庞：敦厚朴实。简奥：简古深奥。

⑥ 饮冰瞿瞿：形容官员受命后惶恐焦灼的心情。饮冰，

典出于《庄子·人世间》："叶公子高将使于齐，问于仲尼曰'……今吾朝受命而夕饮冰，我其内热与！'"后世常用此典表示受命居官的忧畏之情，唯恐有负君恩。瞿瞿（jùjù），惊视不安之貌。

⑦ 昌黎：韩愈，祖籍河北昌黎，世称韩昌黎。

⑧ 欧阳永叔：欧阳修，字永叔。主持礼部贡举时，力斥当时士子喜尚的险怪、奇涩之文，提倡平实文风，录取了苏轼、苏辙、曾巩等人，对北宋文风转变有很大影响。

⑨ 轧茁（zházhuó）：曲曲折折地出生。喻文辞佶屈聱牙，晦涩难通。

⑩ 多让：多所谦让。

⑪ 春秋：原曲辞中泛指科举考试。旧时科举，乡试每三年一次，因在秋季举行也称秋闱。会试在乡试后第二年春天举行，也称春闱。

⑫《邯郸记》：明代汤显祖所作传奇剧，敷演吕洞宾为度卢生而使其经历荣辱梦幻之事。内有卢生梦入枕中世界后，与清河崔氏结为夫妻的情节。第六出《赠试》中，崔氏劝卢生求取功名，卢生唱【朱奴儿】一曲，自言科场多年不第："我也忘记起春秋几场，则翰林苑不看文章。没力气白头功名纸半张，直那等豪门贵党。高名望，时来运当，平白地为卿相。"这里净脚饰演的宁波府慈溪县学生员苓六十下文所唱也都出自此曲，道尽当时科场之弊。

⑬ 本经：科举考试中，考生本人在"五经"中所治之经。

⑭ 翰林苑：即翰林院，为翰林待诏内廷供奉之处。这里指职掌科举考试之所。

⑮ 气力：意为权势，势力。

⑯ 纸半张：喻指无用。

⑰ 平白：凭空，无缘无故。

⑱ 我心匪石，不可转也：出自《诗经·邶风·柏舟》篇："泛彼柏舟，亦泛其流。耿耿不寐，如有隐忧。微我无酒，以敖以游。我心匪鉴，不可以茹。亦有兄弟，不可以据。薄言往愬，逢彼之怒。我心匪石，不可转也。"原是一首闺怨诗。

⑲ 沏（lè）理：水石的纹理。

⑳ 庄姜：春秋时齐国公主，卫庄公的夫人。朱熹认为，诗经中的《燕燕》《终风》《柏舟》《绿衣》《日月》五首诗，都出自庄姜之手。《柏舟》是庄姜自喻，她德容兼具，才华出众，如柏木之舟，坚实细密。但空船漂荡水中，喻指无法排解的社稷隐忧。无论怎样，自己都心系邦国，意志坚定。

㉑ 丹黄：旧时点校书籍用朱笔书写，遇误字，涂以雌黄，故称点校文字的丹砂和雌黄为丹黄。后以"丹黄"指代品藻诗文，判别高下。

㉒ 摛（chī）章：摛章绘句，指雕琢、藻饰辞章。

㉓ 铅松怪石：出自《尚书·禹贡》"海、岱惟青州。岱畎丝、枲、铅、松、怪石"。

㉔ 石声磬：石（磬）发出的声音硁硁。出自《礼记·乐记》："石声磬，磬以立辨。"

㉕ 孤经：没有他例可以比附的单条经文。

㉖《曲礼》：和下文的《檀弓》都是《礼记》中的篇章。

㉗ 方员令兄：方圆兄，即孔方兄，指金钱。

㉘ 公平尊姓：丑脚饰演的龚廿八的姓，与公平的"公"同音。

㉙ 介于石：出自《周易》爻辞。《豫卦六二》爻辞："介

于石，不终日，贞吉。"介，坚也。大意是，品行端正
耿介，如石坚贞。

㉚ 康节先生：邵雍，字尧夫，谥号康节。北宋哲学家，
相传"遇事能前知"，创梅花易数。

㉛ 课数：占卜，算卦。

㉜ "小六壬"等：都是算命占筮的方法。

㉝ 焦贡：或作"焦赣"，字延寿。西汉哲学家。钻研《易
经》，著有《焦氏易林》。

㉞ 江南仲蔚在蓬蒿、引手何妨一钓鳌：出自李咸用《陈
正字山居》"一叶闲飞斜照里，江南仲蔚在蓬蒿。天衢
云险鸳骀寒，月桂风和梦想劳。绕枕泉声秋雨细，对
门山色古屏高。此中即是神仙地，引手何妨一钓鳌"。
却拥木绵吟丽句：出自章碣《送谢进士还闽》"百越风
烟接巨鳌，还乡心壮不知劳。雷霆入地建溪险，星斗
逼人梨岭高。却拥木绵吟丽句，便攀龙眼醉香醪。名
场声利喧喧在，莫向林泉改鬓毛"。衡阳纸价顿能高：
出自郭受《寄杜员外》"新诗海内流传久，旧德朝中属
望劳。郡邑地卑饶雾雨，江湖天阔足风涛。松花酒熟
傍看醉，莲叶舟轻自学操。春兴不知凡几首，衡阳纸
价顿能高"。

第二十三出　招魂 <small>(真文韵)</small>

【中吕引子】【思园春】(生上) 狱外春光信几分，昏沉，犹觉是未归人。收拾了相思佳句，奈打不断愁根。咳！我那小姐嘎！野色围棺浸碧魂，冷啼怨语落黄昏。

小生蒙乔恩师释放并准与考，此恩此德，何日忘之。只这一场大难之后，犹喜两篇得手。这也不在话下。闻得小姐停棺郊外，小生出场①，不敢归家，先过她柩前哭她几声，拜她几拜，也是该得的。(作寻介) 呀！看那黄花影外，碧草浓中，放着一个悲悲楚楚、凄凄切切、那不新不旧的，就是那影云小姐了。(俯棺哭介) 我那影云小姐嘎！杜言在此拜你哭你，你还受也不受？(拜介)

【过曲】【粉孩儿】摇摇的**水中央流女恨**，不知怎**沉风没雨，怨杀卑人**。小生得你啼魂释放，又像不甚怪我，**鲽生成狱得脱身**。又则似**恕无知破柳眉颦**，下**图圄与鬼为邻**，听不到你啼声恳恳②。

小生偶然题咏，你竟自续完，情之有无，小生至今不解。

【马福郎】**想得前宵片言不进，叹归时明月流花紧**。还低问，那日莺音近、鹊声频，果是**卖弄笔头新，东风不是认真文**。

小生岂惜一死? 又恐别人议论，道小生竟以情死，反污小姐的名节了。

【红芍药】**愁玷损你玉骨冰肌，都付与杜宇**③**啼痕**。小姐，你恁般灵应，今日小生在此，何不把心事大家说个明白? **嚼破阴阳，可容亲近，有言儿不须藏隐**。(内打鼓钹介)(生)**殷殷**④**，恍惚里响遏云**，(倚棺听介)可则是**俏魂灵槌棺道狠?** (望内介) **早见旗彩缤纷**，到此**荒田厮近**⑤。

(哑女引老旦、旦、丑、小丑，俱扮道姑)

(外、小旦道妆上)

背地相看
各不认真
谁知我是个中人

【耍孩儿】(合)铙鼓乱挝⑥声促紧，早到了孤坟殡，看封棺都是寒云。(外见生背介)我道何人。谁要你报着这招魂信?(生)小侄蒙小姐啼魂释放之德，特来拜谢。(外)多劳了。老夫因一时怒上说了她几句，哪知她就寻这个短见。未曾招得她的魂归，今日特请这师父们做些功果⑦超度她。(悲介)(小旦扯旦，指生唱介)这便是惹祸的穷酸品，还在此胡厮混。

【会河阳】(旦背介)背地相看，各不认真，谁知我是个中人⑧。(老旦扯旦，偷指生介)这就是题诗的杜相公，为他惹出许多事来。(旦)原来就是他。泪痕，还为我来殷勤，向冷棺叙温。咳! 爹爹，妹妹! 我替你心头忖，行前曾认得我的流云稳，呼前曾认得我的眠云准。

【缕缕金】(合)烟封户，雾锁门，雨余塍。水溇⑨草花殷⑩，杳不见娇姿印。断桥风信恍疑魂，纸动罗裙，谁家堕红粉? 谁家堕红粉?

(众作随意念佛介)

(小旦拜介)

【越恁好】(小旦)于心何忍? 于心何忍? 朝夕我

相亲，空闺寒暖无人问，终日独含嗔。从今莫语眉画新，为谁劳顿？言谈里还则是**姊妹**的闲思忖，悲啼里常则是**父子**的闲愁闷。

（小旦执幡）

（众人绕棺行介）

【红绣鞋】半竿幡影藏魂，藏魂；一团香影迎神，迎神。飘蝴蝶^⑪纸钱焚，悲蒿里^⑫，叹孤坟；悲蒿里，叹孤坟。

（外、众先下）

（生吊场^⑬）

【尾声】（生）荒田早下的斜阳迅，单撇下皮棺与客扪。咳！小姐小姐，你的俏魂儿果然招去了。只恐怕宋玉难招屈子魂。

集唐　九原何处不心伤，地接荒郊带夕阳。

　　　　应笑我曹身是梦，一枝寒玉任烟霜。^⑭

注　释：

① 出场：出考场。

② 恳恳：急切貌。

③ 杜宇：相传古蜀帝杜宇死后化为杜鹃鸟，啼声悲切。

④ 殷殷（yǐnyǐn）：象声词，多形容雷声，这里描写法事的乐声。

⑤ 厮近：接近。

⑥ 挝（zhuā）：敲。

⑦ 功果：犹功德，指念佛、诵经、斋醮等。

⑧ 个中人：犹此中人、局内人，指在某方面体验颇深或深知其中道理的人。

⑨ 逩（bèn）：前往、直趋。

⑩ 殷：丰盛，丰茂。

⑪ 蝴蜨（dié）：即"蝴蝶"。

⑫ 蒿里：原为山名，相传在泰山之南，是埋葬死者之处。后泛指墓地或阴间。汉时无名氏创作杂言诗《蒿里》："蒿里谁家地？聚敛魂魄无贤愚。鬼伯一何相催促？人命不得少踟蹰。"后亦以"蒿里"指挽歌。

⑬ 吊场：戏曲术语。一出戏结尾，其他演员都已下场，留下一二人念下场诗，以过渡情节或更换场面。

⑭ 九原何处不心伤、地接荒郊带夕阳：出自李绅《新楼诗二十首·晏安寺》"寺深松桂无尘事，地接荒郊带夕阳。啼鸟歇时山寂寂，野花残处月苍苍。绛纱凝焰开金像，清梵销声闭竹房。丘垄渐平边茂草，九原何处不心伤"。应笑我曹身是梦：出自韦庄《王道者》"五云遥指海中央，金鼎曾传肘后方。三岛路岐空有月，十洲花木不知霜。因携竹杖闻龙气，为使仙童带橘香。应笑我曹身是梦，白头犹自学诗狂"。一枝寒玉任烟霜：出自杨巨源《奉寄通州元九侍御》"大明宫殿郁苍苍，紫禁龙楼直署香。九陌华轩争道路，一枝寒玉任烟霜。须听瑞雪传心语，莫被啼猿续泪行。共说圣朝容直气，期君新岁奉恩光"。

第二十四出　体报[1]

（丑上）职分原清要，随官坐冷衙。四时并八节，吃尽秀才家。自家乃学中一个斋夫的便是。一生奸滑，半世奔波。银子是我相知，酒杯是俺性命。三场内不顾人写得出，四节时只要你拿得来。那贫苦的秀才，叫他一声"相公"，那个"公"字就如上了海底，疾一些也听不出。那新到的老爷，叫他几声"官府"，这个"官"字就如放了栗子屁①，几次也收不来。正是：当今兴势利，我辈不须辞。昨日闻太爷从杭州归来，有科举案带到了。已曾教伙计去打听，想必就到。

（小丑上）一心忙似箭，两脚走如飞。（见介）

（丑）体来了么？

（小丑）已有十名在此。

（丑）案首②是谁?

（小丑）案首全友，第二名杜言。

（丑）杜言? 就是方才学道老爷出罪③的?

（小丑）正是。闻得他依旧搬回云石傍住了，快去报咱!（同下）

校 勘:

［1］本出因无唱辞，故未注韵部。

注 释:

① 粟子屁: 粟子食用后不易消化，多放屁。这里指斋夫趋炎附势，见到官府老爷后连连叫"官爷"，如同放粟子屁一般收不住。

② 案首: 明清时，各省学政于考试后揭晓名次，称为发案或出案。凡府、州或县学考试之第一名，称为案首。案，意即考试。

③ 出罪: 免罪。

第二十五出　洗石（齐微韵）

【南吕引子】【于飞乐前】(生上)泪海干，愁城闭，把往事撒开休记，还则是旧居如意。

小生自遭变后，将云石山房也都卖与邻翁。不想邻翁可恨，就在俺云石之上盖起一座房子，将石压于墙根之下。正是：人不逢时，物亦倒运。前日多亏全兄为首，公举出狱。他又闻得俺云石被毁，大为不平，又是他为首，向众朋友凑了几两银子，将此石赎回。今已着人将房屋墙根拆去。可怪，此石依旧有云气氤氲起来。今日诸友皆携尊过我，一来为俺洗冤，二来并洗云石。俺也勉备些须^①酒着，就列在云石之上。叫苍头！

（净上）主添新气色，石亦旧辉光。

（生）酒肴齐备了么？

140

（净）齐备多时。众相公想就来也。

【于飞乐后】（末上）石光埋，闻近日有些云气。（小生、外同上）看春风暗度，薜罗②根云连石起。

（末）小生全友。

（外）小生陆湖。

（小生）小生范海。今日全兄约过杜兄处洗石，来此已是，不免径入。（见介）

（生）不才抱罪，有愧同人。再造之年，何时图报？

（众）吉人天相，绵力奚堪。重任是期，必先劳体。

（生）惶恐！小弟聊具杯酒，以酬大德，又何烦诸兄携榼以从。

（众）闻石貌也爱主归，暗浮云气云色；更怜客过，时露石光。小弟们各带两篚③，一来为兄洗闷，二来为石洗尘。把酒就摆在石上，少不得还有几句拙作请教。

（生）正要请教诸兄。

（各坐席介）

燕低飞
似爱人归
不住啼

《云石会传奇》校注

【过曲】【梁州新郎】〖梁州序〗（生）叹**孤身无救**，感**诸兄留意**，得免长羁犴狴④。早一春初起，愁心付与黄鹂。荷流魂叫月，溯鬼啼烟，不共冰肌碎。水天呼梦远，得回归。这的是**大隐偏宜城市栖**。〖贺新郎〗（合）石貌锁，云容闭，苔痕好倩诗涛洗。同一醉，解须眉。

【前腔】（众）淇帘初卷，青山遥对，则是儒家门第。黍离曾咏，问君何事轻离？少甚非花乱影，不草含姿，远接湖山丽。听莺声无势利，燕低飞似爱人归，不住啼。（合前）

（末）此石脉从锡山而来，讯之白眉⑤，尽知来历。

（小生）司马张公⑥已补入志书矣。

（外）正是，屡来名公俱欲立亭表异，争奈⑦都不曾做得。

（生）正不知几时遇个韵人，将它光耀一番。

（末）我辈庸庸，亦犹此石耳。（合）

【前腔】【换头】等人生破屋埋栖，问何时老墙沦弃？敢申屠夜负⑧，精卫衔置，便床头化女，山上思夫⑨，貌耸芙容绮。当年镌好句，峤云⑩飞嘉肺⑪，

还欣虞愿^⑫期。（合前）

【前腔】扫寒阴夜乞云衣，润枯光晓含烟袂。恍东风过雨，暗流新翠。看宫亭星灿，员峤^⑬云低，石廪^⑭逢开闭。河源^⑮呼织女，幻支机^⑯，风雨零陵^⑰作燕飞。（合前）

（丑、小丑报上）报科举的！杜相公第二名！呀，却好众相公都在此。全相公是首名，范相公、陆相公都有了。我们到前边去报完了来领赏。

（众）这等却好。

（丑、小丑下）

（生）全兄恭喜！

（末）些须小事，何足挂齿。我们只管吃酒。

（生）既辱移尊，并求珠玉。

（末）即席赋诗，非不敏^⑱涉。然今日正要吃酒，如必苦苦构思，吾谓古人尚少斟酌耳。

（众）这也说得有理。但不知此石果然有根无根，我们何不掘开看一看？

（生）这也有理。叫苍头拿锹锄来。

（净拿锹锄上掘介）

（众看介）呀，其根深邃，果然古质可观。

【节节高】（合）昆明自表奇，一痕微，曾无两郡争攘袂[19]。花葩里，杳霭迷，悠扬会，龙盘玉女文房闭。镐池款梓[1][20]，华山启。（合）待构诗坛咏珠玑，今朝且尽杯中醉。

【前腔】郎山感浣衣，映光辉，更门石虎公堂治。卷舒际，狌猎追，翩翩对，到公宅宴华林会，□□[2]公幹[21]标弥厉。（合前）

【尾声】石根少见残阳徙，一溜苔阴渗月低，夜色云拖[3]山寺尾。

集唐　野园荒径一何多，应仗流莺为唱歌。

　　　惟有门前镜湖水，春风不改旧时波。[22]

校　勘：

[1]梓：原文作"椅"，误，今据上下文意改。
[2]原文此处有墨丁两格，但文意似无缺。
[3]拖：原文不清，今据上下文意，识为"拖"。

注　释：

① 些须：少许，一点儿。

② 薜罗：薜荔和女萝，是与隐士相关的意象。屈原《楚辞·九歌·山鬼》："若有人兮山之阿，被薜荔兮带女萝。"

③ 簋（guǐ）：古时用于盛放煮熟饭食的器皿。

④ 犴狴（ànbì）：传说中的兽名。古代牢狱门上绘其形状，故又用为牢狱的代称。

⑤ 白眉：典出《三国志·蜀志·马良传》，"马良，字季常，襄阳宜城人也。兄弟五人，并有才名，乡里为之谚曰'马氏五常，白眉最良'。良眉中有白毛，故以称之"。后因以"白眉"喻兄弟或侪辈中的杰出者。

⑥ 司马张公：指张时彻。曾累官至南京兵部尚书。执甫上文炳，与范钦、屠大山并称"东海三司马"，著有《嘉靖宁波府志》。

⑦ 争奈：怎奈。

⑧ 申屠夜负：详见第三出注⑤。下文所唱也均为与石头相关的典故。

⑨ 山上思夫：典出《世说新语》，武昌贞妇，望夫化而为石。

⑩ 峤云：高山白云。

⑪ 嘉肺：嘉石与肺石，代指刑讼之政。嘉石（有纹理的石头），古代外朝门左，示众罪人所坐之石。《周礼·秋官·大司寇》："以嘉石平罢（同'疲'）民。"郑玄注云："嘉石，文石也。树之外朝门左。"肺石，古代朝廷门外，平民鸣冤之石。《周礼·秋官·大司寇》："以肺石远达穷民，凡远近悍独老幼之欲有复于上，而其长弗达者，立于肺石，三日，士听其辞，以

告于上，而罪其长。"郑玄注云："肺石，赤石也。穷民，天民之穷而无告者。"

⑫ 虞愿：用清廉石见的典故。虞愿，会稽人，为晋安太守。海边有越王石，常隐云雾，相传清廉太守方才得见。虞愿往观之，得见其石周围清彻无所隐蔽。

⑬ 员峤：神话中的仙山名。

⑭ 石廪：衡山五峰之一，因形似仓廪而得名。

⑮ 河源：天河之源。传说汉武帝令张骞寻河源，乘槎入天河中，遇织女浣纱，得织女支机石以归。

⑯ 幻支机：幻化为织女的支机石。

⑰ 零陵：传说永州零陵出石燕，遇雨则飞。

⑱ 不敏：自谦语，犹不才。

⑲ 攘袂：挀起衣袖，形容激动的样子。

⑳ 镐池款梓：《搜神记》"华山使"篇载："秦始皇三十六年，使者郑容从关东来，将入函关。西至华阴，望见素车白马，从华山上下。疑其非人，道住止而待之。遂至，问郑容曰：'安之？'答曰：'之咸阳。'车上人曰：'吾华山使也。愿托一牍书，致镐池君所。子之咸阳，道过镐池，见一大梓，下有文石，取款梓，当有应者。'即以书与之。容如其言，以石款梓树，果有人来取书。明年，祖龙死。"镐池，昆明池北有镐池，为旧时周都所在，《关辅古语》载："昆明池中有二石人，立牵牛、织女于池之东西，以象天河。"款，叩，敲击。梓，梓树。

㉑ 公幹：刘桢，字公幹，东汉末年名士、诗人，"建安七子"之一，诗作气势激宕，意境峭拔。《世说新语·言语》"刘公干以失敬罹罪"下，刘孝标注引《典略》："刘桢，字公幹，东平宁阳人。建安十六年，世

子为五官中郎将，妙选文学，使桢随侍太子。酒酣坐欢，乃使夫人甄氏出拜，坐上客多伏，而桢独平视。他日公闻，乃收桢，减死输作部。"又引《文士传》："桢性辩捷，所问应声而答。坐平视甄夫人，配输作部，使磨石。武帝至尚方观作者，见桢匡坐正色磨石。武帝问曰：'石何如？'桢因得喻己自理，跪而对曰：'石出荆山悬岩之巅，外有五色之章，内含卞氏之珍。磨之不加莹，雕之不增文，禀气坚贞，受之自然。顾其理枉屈纡绕而不得申。'帝顾左右大笑，即日赦之。"刘桢的答辞极为巧妙，表面上是讲石块，实际用以自喻，说自己禀性坚贞。

㉒ 野园荒径一何多、应仗流莺为唱歌：出自徐夤《蝴蝶》"栩栩无因系得他，野园荒径一何多。不闻丝竹谁教舞，应仗流莺为唱歌"。惟有门前镜湖水、春风不改旧时波：出自贺知章《回乡偶书·其二》"离别家乡岁月多，近来人事半消磨。惟有门前镜湖水，春风不改旧时波"。

第二十六出^[1] 决志 （帘纤韵）

【黄钟引子】【西地锦】（小旦道妆上）一听鸟魂花占，眉痕不过山尖。影前心事孤灯闪，几曾针线偷拈。

奴家自从姊姊亡后，甚的是寻花学句，侧鸟拈针。人生世上，无常迅速。旧日爹爹有古佛数尊供奉东楼，焚香换水，足了清修；礼磬翻经，尽堪幽课。咳！爹爹，你把那婚嫁一事可也再休提了。

【过曲】【啄木儿】慵开镜，羞启奁，不咒^①桃花匀靧脸^②。语春风莫笑裙纤，衬青郊信许鞋谦。枯心素与繁华厌，归情更觉清凉渐，好收拾莺眉一夜添。

不免看些经典则个。（看经介）

（外上）事后思清课^③，临缰勒马行。只愁归侫佛^④，

149

未即号全僧。（见介）我儿，你又在此诵经了。那修行虽是好事，也不要太认真了。我这几日替你在此访问人家，倘访得一家好佛的，也好同你双修。

（小旦）爹爹，这话也不须提了。

【前腔】（外）何须执，不用谦，只要你心头奉佛严，拭钗梳何碍香奁？恁萧疏不卷珠帘，黄昏尽把琉璃点，他家亦可把弥陀念，又何必尽削闺容意始恬。

【三段子】（小旦）皎如月蟾⑤，甚丢儿⑥花飞草粘；淡如水鳒⑦，喜些儿蒲环柳拈⑧。冰肌怎许微尘玷？莲花若被纤泥染，怎到得西方一辨觇⑨？（竟下）

（外）这妮子倒有如此烈性，可喜可喜。

【归朝欢】闺中女，闺中女，容庄语严，倒有个回头一念。深惭愧，深惭愧，我男儿岁兼⑩，尚兀是尘凡不敛。怎能勾⑪玄风一借驱魔剑，把从前五浊重门掩，直抵黄牛背上瞻⑫。

妮子既以⑬心坚，只得听她便了。

集唐　仙娥终去月难留，玄晏先生已白头。

　　　　闲事与时俱不了，镜湖新月在城楼。⑭

校 勘：

[1] 第二十六出：原文作"第廿六出"，今为统一体例改。

注 释：

① 咒：祷告。

② 靧（huì）脸：洗脸。

③ 清课：佛教日修之课。

④ 佞佛：谄媚佛，讨好于佛，指过度沉迷于佛法。

⑤ 月蟾：月亮。古人以为月中有蟾蜍，故以"蟾"为月之代称。

⑥ 丢儿：一些，一点点。

⑦ 水鳒（jiān）：比目鱼的一种，两眼都长在左侧或右侧，有眼的一侧呈深褐色，无眼的一侧色淡。

⑧ 蒲环柳拈：由蒲草与杨柳做成，喻人纤弱。

⑨ 辨觇（chān）：察看。

⑩ 岁兼：即兼岁，又过一年。

⑪ 能勾：同"能够"。

⑫ 黄牛背上瞻：指忘却功名，出离浊世。

⑬ 既以：既然已经。

⑭ 仙娥终去月难留：出自许浑《秋晚云阳驿西亭莲池》"心忆莲池秉烛游，叶残花败尚维舟。烟开翠扇清风晓，水泥红衣白露秋。神女暂来云易散，仙娥初去月难留。空怀远道难持赠，醉倚阑干尽日愁"。玄晏先生已白头：出自薛逢《韦寿博书斋》"玄晏先生已白头，不随鹓鹭狎群鸥。元卿谢免开三径，平仲朝归卧一裘。醉后独知殷甲子，病来犹作晋春秋。尘缨未濯今如此，野水无情处处流"。闲事与时俱不了：出自薛逢《悼

古》"细推今古事堪愁，贵贱同归土一丘。汉武玉堂人岂在，石家金谷水空流。光阴自旦还将暮，草木从春又到秋。闲事与时俱不了，且将身暂醉乡游"。镜湖新月在城楼：出自朱庆馀《送浙东周判官》"久闻从事沧江外，谁谓无官已白头。来备戎装嘶数骑，去持丹诏入孤舟。蝉鸣远驿残阳树，鹭起湖田片雨秋。到日重陪丞相宴，镜湖新月在城楼"。

第二十七出　示寂（皆来、鱼模二韵）

【过曲】【浪淘沙】（丑上）昨夜碧桃开，若个^①能猜？梦魂[1]曾过笛声来。（旦道妆上）向日题诗何处也？鸟自鸣嗐。

（丑）这几日杜言将欲赴杭，以求进取。汝等前往送别，或当圆寂先归。那时杜郎必具龛^②葬我，送出柳亭^③。汝待我葬后，便当辞别众人，前往坝桥等我，勿得有违。

（旦）领法旨。（合唱）

【前腔】幻境已安排，变化凡胎，片云先过坝桥来。还有一番指点处，偶露裙钗。

（老旦上）多温几句佛，转过佛堂来。（见介）明日杜相公到杭州去了，你们可去送他么？

（旦）师父，正要同去。

（老旦）如此就行。（同行介）

【不是路】野巷啼乌，待学鹦哥向客呼。（旦）他儒素，敲门还用是你老姑姑。（老旦）正是。（叩门介）（生上）是谁呼？柴门尽日无人顾。（开门介）呀，原来是列位姑姑到敝庐。（老旦、旦）迢迢路，闻君欲问西陵渡④，特来相顾，特来相顾。

（生）多谢列位姑姑了。

（老旦）相公试期尚早，为何就要起身？

（生）小生有几位朋友在西湖读书，意欲借榻数月，以图进取。

【前腔】借榻西湖，候语西风柳叶梳。（看丑，背介）休回步，今朝幸得惨容无。（丑作手势介）（生）圣姑要什么？可是要笔么？（丑点头介）（生呈笔，丑写介）（生）壮心除，轻拈不律⑤花笺舞，又早是禅门半偈书。（念介）"风波未息，虚名浮利终无益，不如早去备蓑笠，高卧烟霞，千古企难及。君今既已壮行色，定应雁塔题名籍。"⑥承分付，停鞭自惜流光去，敢云违误？敢云违误？

（丑点头先下）

（生）怎么先去了？

（老旦）杜相公，圣姑今日以喜颜相送，此去必然高中。且偈中尽多得意之言，但得意中当生退步。

【玉枝带六幺】〖玉交枝〗君家此去，语前程多应不虚。〖六幺令〗圣姑早已示佳途，但得意，赋归欤[⑦]**，乌纱莫把人留住，乌纱莫把人留住。**

（杂扮老道人急上）刚收饭盏归[2]，恰遇圣母死。老姑姑，圣姑圆寂了。

（老旦）方才打从这里去，就圆寂了？

（生）这也奇绝。

【前腔】问木龛曾具？（老旦）竟不曾。（生）**这些儿出之在子，人生到此百般虚。**（旦）**事至此，莫踌蹰。**（老旦）**我们别了先回去，我们别了先回去。**

（生）既如此，二位姑姑先行，小生措办些物事便来。

集唐　一谈一笑俗相看，晓树啼乌客梦残。

世事浮云何足问，数条藤束木皮棺。[⑧]

校 勘：

[1] 魂：原文作"鬼"，且字较右偏，疑为"魂"字，今据上下文意改。

[2] 归：原文不清，今据上下文意，识为"归"。

注 释：

① 若个：哪个。

② 龛（kān）：置放僧人遗体的棺木。

③ 柳亭：柳亭庵，位于宁波城南，遗址在今宁波海曙区南门街道澄浪小区的南塘河畔。唐天复（901—904）年间，明州刺史柳使君建造柳亭别业，后效前人舍宅为寺之举，将柳亭别业改为柳亭庵。后寺僧又建柳亭塔院，历代高僧聚骨其中。

④ 西陵渡：古渡口，旧址在今浙江杭州萧山区，旧时为宁波到杭州的必经之渡。

⑤ 不律：毛笔的别称。

⑥ "风波"句：据张时彻纂《（嘉靖）宁波府志》卷四十二传十八《仙释》，宋熙宁年间，哑女在明州戒香寺为将要应举的周锷作偈子："风波未息，浮名虚利终无益。不如早去陪蓑笠，高卧烟霞，千古企难及。君今既已装行色，定应雁塔题名籍。他年若到南雄驿，玉石休分，徒累下和泣。"暗示周锷此去必定高中，但来日在南雄有一劫。

⑦ 赋归欤：典出《论语·公冶长》"子在陈曰：'归与，归与！'"后以"赋归欤"表示告归，辞官归里。

⑧ 一谈一笑俗相看：出自杜甫《人日两篇》"此日此时人共得，一谈一笑俗相看。尊前柏叶休随酒，胜里金花

《云石会传奇》校注

巧耐寒。佩剑冲星聊暂拔，匣琴流水自须弹。早春重引江湖兴，直道无忧行路难"。晓树啼乌客梦残：出自王初《送王秀才谒池州吴都督》"池阳去去跃雕鞍，十里长亭百草干。衣袂障风金镂细，剑光横雪玉龙寒。晴郊别岸乡魂断，晓树啼乌客梦残。南馆星郎东道主，摇鞭休问路行难"。世事浮云何足问：出自王维《酌酒与裴迪》"酌酒与君君自宽，人情翻覆似波澜。白首相知犹按剑，朱门先达笑弹冠。草色全经细雨湿，花枝欲动春风寒。世事浮云何足问，不如高卧且加餐"。数条藤束木皮棺：出自韩愈《去岁自刑部侍郎以罪贬潮州刺史乘驿赴任后家亦谴逐小女道死殡之层峰驿旁山下蒙恩还朝过其墓留题驿梁》"数条藤束木皮棺，草殡荒山白骨寒。惊恐入心身已病，扶舁沿路众知难。绕坟不暇号三匝，设祭惟闻饭一盘。致汝无辜由我罪，百年惭痛泪阑干"。

第二十八出[1]　送葬（江阳韵）

（小旦、小丑扮二尼上）

（小旦）"死款都来一口供，情穷理极卒难容。"

（小丑）"若将皮髓论高下，争见花开五叶红？"①

（小旦）圣姑圆寂得奇速，多亏杜相公备龛具，已送至柳亭了，师父们怎还不来？

（老旦上）"眉毛罅里积山岳。"

（旦）"鼻孔中藏师子儿。"②（见介）

（老旦）可安厝③好了么？

（小旦）已安厝了。

（老旦）恐怕杜相公来，我们先做些佛事。

（众打铙钹念介）

【商调过曲】【黄莺儿】净水洒，垂杨叩，诸檀降下方，灵光直拥莲花放。亭阴过凉，郊华④进黄，袈裟独挂在松梢上。问行藏，愁容喜貌，平日为谁忙？

（生上）东风一夜吹春去，触地幽花野径疏。（见介）

（老旦）杜相公来了。

（生）姑姑们早已在此。

（老旦）请相公拈香。

（生上香拜介）

【前腔】盥⑤手净，焚香就，龛阴薜荔房⑥，锄云艺⑦月，把灵躯葬。偈儿几行，貌儿几场，遮灯不惮费沉吟想。响叮当，佛音饶钹，送入水云乡⑧。

（旦）圣姑既已圆寂，弟子亦欲告辞去也。

（老旦）呀，圣姑虽化，我们正好修行。怎便有此想？

（旦）弟子不得奉命，就此告辞。

（老旦）山水长途，你一妇人到哪里去？

【忆莺儿】〖忆多娇〗（旦）山甚长，水甚长，野色催人行外忙，杜宇啼魂送北邙⑨。（老旦）也须买只船去。【黄莺儿】（旦）何须买航⑩？（小丑）馒头烧饼

也带些^[2]去。（旦）何须裹粮^⑪？孤云一片间，来往
共翱翔。幻身何处，隔浦奏笙簧。

（作驾云速下）

（众作望介）呀！恁去得快也。

【尾声】翩翩迅速抽身上，须不是人间模样，看
一线游云尚颉颃^⑫。

（生）圣姑原非凡品，此姑亦是不俗。

（老旦）正是呢。

集唐　才到人间便越年，楚山花木怨啼鹃。

　　　　浮生已悟庄周梦，明月无情却上天。^⑬

[1] 第二十八出：原文作"第廿八出"，今为统一体例改。
[2] 些：原文作"此"，今据上下文意改。

注　释：

① "死款"句、"若将"句：出自宋代释原妙《颂古三十一
首其一》"死款都来一口供，情穷理极卒难容。若将皮
髓论高下，争见花开五叶红"。释原妙，号高峰，俗姓
徐，吴江（今属江苏）人，宋元间高僧，有《高峰原

160

妙禅师语录》二卷、《高峰原妙禅师禅要》一卷。本传
奇引用其偈子甚多。争见，怎见。

② "眉毛"句、"鼻孔"句：出自宋代释原妙《颂古三十一
首其七》"眉毛𧒒里积山岳，鼻孔中藏师子儿。南北东
西无限意，此心能有几人知"。师子儿，即狮子。

③ 安厝（cuò）：停放灵柩待葬，或浅埋以待正式安葬。

④ 华：通"花"。

⑤ 盥：清洗。

⑥ 薜荔房：薜荔攀缘的房屋，喻隐士的居所，这里指哑
女的葬处。薜荔，植物名，攀附于树木、崖壁间。《离
骚》："揽木根以结茝兮，贯薜荔之落蕊。"王逸注：
"薜荔，香草也，缘木而生蕊实也。"

⑦ 艺：栽种。

⑧ 水云乡：云水弥漫、风景优美的地方，指宜于归隐栖
息之所。

⑨ 北邙：北邙山在河南洛阳城北，自汉都东迁以来，多
有王公大臣葬于此地。后以"北邙"指墓地。

⑩ 航：舟，船。

⑪ 裹粮：出行时身带口粮。

⑫ 颉颃（xiéháng）：鸟上下飞。

⑬ 才到人间便越年：出自黄滔《寄罗浮山道者》"有人曾
见洞中仙，才到人间便越年。金鼎药成龙入海，玉函
书发鹤归天。楼开石脉千寻直，山折鳌鳞一半膻。谁
到月明朝礼处，翠岩深锁荔枝烟"。楚山花木怨啼鹃：
出自李郢《江亭春霁》"江蓠漠漠荇田田，江上云亭霁
景鲜。蜀客帆樯背归燕，楚山花木怨啼鹃。春风掩映
千门柳，晓色凄凉万井烟。金磬泠泠水南寺，上方僧
室翠微连"。浮生已悟庄周梦：出自张泌《长安道中早

行》"客离孤馆一灯残，牢落星河欲曙天。鸡唱未沉函谷月，雁声新度灞陵烟。浮生已悟庄周蝶，壮志仍输祖逖鞭。何事悠悠策赢马，此中辛苦过流年"。明月无情却上天：出自薛逢《九华观废月池》"曾发箫声水槛前，夜蟾寒沼两婵娟。微波有恨终归海，明月无情却上天。白鸟带将林外雪，绿荷枯尽渚中莲。荣华不肯人间住，须读庄生第一篇"。

第二十九出　幻道 （桓欢韵）

（丑扮道人上）"猛虎深藏浅草窠，几回明月入烟萝。顶门纵有金刚眼，未免当头错过他。"① 自家乃维卫如来化身，假名李道宁的便是。郭茂才父女修行颇笃，不免前去指悟他一番。来此已是他门首，待念起佛来。阿弥陀佛！

（外上）似觉主人惟好佛，门前常听念弥陀。（见介）原来是一位道者。

（丑）闻君一门好道，贫道特来化斋。

（外）粗斋颇有，请进里面坐。教小厮后堂摆斋！（坐介）请问师父从何处来？

【中吕过曲】【驻云飞】（丑）野鹤盘桓，何处无云天地宽。不尽青山玩，自有箪瓢② 伴。闻令爱更加好佛，白檀寺哑女乃过去维卫佛也，曾往礼拜否？

（外）曾见哑女来，岂便是佛？（丑）**瞒俗眼岂能观？化身偷换。须往皈依，好把尘心浣，万劫难逢此佛观。**

（外）待我叫女儿出来，说与她知道。女儿哪里？

【前腔】（小旦上）**香已烧完，晓起空余冷印盘。**（外）我儿，有一位道者在此化斋，说白檀哑女便是过去维卫佛。只怕未必便是。（小旦）爹爹，**虽未人能断，宁可信其半。**（丑）小姐，贫道稽首了。（外）斋可有了么？**攒不必用多般，净斋须满。**（向丑介）师父，**一二粗羹，乞恕寒门短。**（丑）好说。**一粒还伊绛雪丸**③。

集唐　心持半偈万缘空，夜宿诸天色界中。

　　　　欲尽出寻哪可得，一家烟雨是元功。④

注　释：

① "猛虎"诗：出自宋代释原妙《颂古三十一首其一八》"猛虎深藏浅草窠，几回明月入烟萝。顶门纵有金刚眼，未免当头蹉过他"。顶门，指头顶的前部，因其中

央有囪门，故称。

② 箪瓢：典出《论语注疏·雍也》"一箪食，一瓢饮，在陋巷，人不堪其忧，回也不改其乐"。箪瓢，盛饭食的箪和盛饮料的瓢。后用为生活简朴、安贫乐道的典故。

③ 绛雪丸：绛雪丹，道家丹药，据称服食能死后还魂。

④ 心持半偈万缘空：出自郎士元《题精舍寺》"石林精舍武溪东，夜扣禅关谒远公。月在上方诸品静，僧持半偈万缘空。秋山竟日闻猿啸，落木寒泉听不穷。惟有双峰最高顶，此心期与故人同"。夜宿诸天色界中：出自钱起《夜宿灵台寺寄郎士元》"西日横山含碧空，东方吐月满禅宫。朝瞻双顶青冥上，夜宿诸天色界中。石潭倒献莲花水，塔院空闻松柏风。万里故人能尚尔，知君视听我心同"。欲尽出寻哪可得：出自武元衡《春题龙门香山寺》"众香天上梵仙宫，钟磬寥寥半碧空。清景乍开松岭月，乱流长响石楼风。山河杳映春云外，城阙参差茂树中。欲尽出寻那可得，三千世界本无穷"。一家烟雨是元功：出自陆龟蒙《阖闾城北有卖花翁，讨春之士往往造焉，因招袭美》"故城边有卖花翁，水曲舟轻去尽通。十亩芳菲为旧业，一家烟雨是元功。闲添药品年年别，笑指生涯树树红。若要见春归处所，不过携手问东风"。

第三十出　舟遇（和歌韵）

【过曲】【梧蓼金罗】〖金梧桐〗（旦上）日静山低岭，风恬水自波，淡影出云窝。〖水红花〗景堪歌，诗心无那。记得当年如梦，会觉句儿多。几曾叫一声杜家哥也啰。奉佛爷法旨，来此坝桥道上。怎不见佛爷来到？〖柳摇金〗不见霞端佛面，空余隔岸渔蓑。忍闻树杪①乌啼，似有断桥人过。〖皂罗袍〗（丑上）则听童牛懒背，欲放笛声渡河。又见花莺倦羽，不共松阴转坡。（旦拜介）翻身大地行来破。

（丑）杜郎入京，必然高第。但恐他名心正盛，难以转头。我待弄个神通，再幻出化身，使他惊悟。汝亦可现出生前模样，同我到他船边经过。他必然归去开棺，我已有几行偈语留下，那时是他归天之日也。

（旦）奉法旨。

（丑）远远望见他来了，我们且缓步前去。正是："祖师不会禅，夫子不识字。"

（旦）"棒打石人头，嚗嚗论实事。"② （虚下）

【前腔】（生、净引船家上）（生）**小艇穿流瘦，孤帆漏绿多，片羽入山阿。晓霞拖，危峦如堕。映落寒江深影，欸乃出烟萝。看一痕橹穿波也啰。**小生得荐秋闱③，今会试④进京，来此灞桥⑤道上，又是一番春景。想起圣姑偈中，明明道我得意之间，速当退步。那言，真药石也。**浮名野垢，难挥鲁外之戈⑥。浪迹蜉蝣，谁觅交梨⑦之果。幸已秋风桂暖，少为青毡撒科。⑧再得春风马疾，肯被乌纱恋么？**（内作喊介）看哑女！看哑女！（生）**早孤蓬撑入人烟火。**

（内众童子驱丑上，旦闺妆随上）

（生惊看介）此哑女也！（作叫介）

（丑摇手，群童逐下）

（生）奇哉奇哉！分明死了个哑女，三月初三日，同众尼送至柳亭安厝。

（净）正是呢。难道青天白日，在此见鬼？（又想介）

哎哟相公，那后面随着的，分明是影云小姐一般。

（生惊疑介）像不过哩。

【转入南吕】【红纳袄】分明是**老姑姑早升天上么，分明的小姑姑早从地下躲。**（净）原有人说哑女乃过去的维卫佛，或者是古佛化身，亦未可知。（生）那圣姑呵，虽则是**一尊过去的维卫佛**，难道那小姐呵，敢也是**现在观音**向**南海过？**（净）便是呢。（生）咳！小姐小姐，你若是鬼，须得我**偿勾**⑨**了冷折磨，吃尽了狠跌挫。**若旧头敢是我，和你**倦眼愁魔，**都看得**昏花也，岸上云容不是她。**

【前腔】（净）那小姐的**粉形骸是我亲看波，**或者那哑女的**净身躯，**相公你**不曾亲阅过？**（生）是我亲送她入龛的。（净）若果然是佛，**恁超升怎还不上莲花座？**（生）那小姐敢是还魂转来了？（净）**恁化魄，怎来到这荒草坡？**莫不是**冷南柯一梦窝？**莫不是**惨蒿里一鬼幕？怎生的举手高呼，再没个回言也？**引着些**小小群童，**单把这**眼媚睃**⑩。

（生）明日进场之后，中与不中，便当星夜赶回，访问这件事也。

（净）是如此。

集唐　天府由来百二强，故园松月正苍苍。

　　　闲愁此地更西望，归去不辞来路长。⑪

注　释：

① 杪（miǎo）：树枝的细梢。

② "祖师"句：出自宋代释原妙《颂古三十一首其四》
"祖师不会禅，夫子不识字。棒打石人头，嚗嚗论实
事"。达摩不会禅，用棒子打石人头的时候，"嚗嚗"
的声音自然就发出来。意思为实打实，没有任何虚假。

③ 秋闱：乡试。明清两代定为每三年一次在各省省城
（包括京城）举行，一般在八月，故称"秋闱"。录取
者称为"举人"。

④ 会试：明清两代由各省举人参加的在京城举行的科举
考试。因士子会集京师参加考试，故名。录取后称
贡士。

⑤ 灞桥：位于今宁波市奉化区江口街道，架跨鄞奉江边
河口上。灞桥之名，仿照长安灞桥而取。

⑥ 鲁外之戈：鲁戈，比喻力挽危局的手段或力量。典出
《淮南子·览冥训》："鲁阳公与韩构难，战酣日暮，援
戈而㧑之，日为之反三舍。"战国时楚国的鲁阳公率
军与韩国大军交战，双方正处难解难分之时，黄昏降
临，鲁阳公高举兵戈一挥，太阳竟为之后退三舍（古
代三十里为一舍）。

⑦ 交梨：道教传说中的仙果，食后能使人腾飞。

⑧ "幸已秋风桂暖"句：意思为杜言幸得已经通过秋试中举，就少去自嘲之前的清寒生活。如果再能够通过春试中进士，会不会为官职所羁縻？青毡，青色毛毯，这里指清寒贫困的生活。

⑨ 偿勾：同"尝够"。

⑩ 睃（suō）：看。常指斜着眼看，偷看。

⑪ 天府由来百二强：出自杜牧《题青云馆》"虬蟠千仞剧羊肠，天府由来百二强。四皓有芝轻汉祖，张仪无地与怀王。云连帐影萝阴合，枕绕泉声客梦凉。深处会容高尚者，水苗三顷百株桑"。故园松月正苍苍：出自许浑《题崔处士山居》"坐穷今古掩书堂，二顷湖田一半荒。荆树有花兄弟乐，橘林无实子孙忙。龙归晓洞云犹湿，麝过春山草自香。向夜欲归心万里，故园松月更苍苍"。闲愁此地更西望：出自许浑《游江令旧宅》"身没南朝宅已荒，邑人犹赏旧风光。芹根生叶石池浅，桐树落花金井香。带暖山蜂巢画阁，欲阴溪燕集书堂。闲愁此地更西望，潮浸台城春草长"。归去不辞来路长：出自许浑《沧浪峡》"缨带流尘发半霜，独寻残月下沧浪。一声溪鸟暗云散，万片野花流水香。昔日未知方外乐，暮年初信梦中忙。红虾青鲫紫芹脆，归去不辞来路长"。

第三十一出　入寺

【正宫引子】【七娘子】（外上）**幡然**^①**只觉年来老，女贞修，随她罢了。**（小旦上）**古佛临凡，圣姑幻化，白檀宝刹应须到。**

（见介）爹爹万福。

（外）我儿，昨日那道人说，白檀哑女便是过去维卫佛。我今已备下些香金，和你同去拜祷一番何如？

（小旦）这却甚好。

（外）如今叫乘轿儿去。

（小旦）既要礼佛，何辞步行？

（外）这也说得是。就此前去。（行介）为礼千华座。

（小旦）虔烧一炷香。

（外）来此已是寺前，不免径入。

（老旦上）爱蚁寻轻放，惜蛾纱罩灯。（见介）呀，老檀越同二小姐，甚风吹得到此？

（外）非为别事而来，昨日有一位道者化斋，说此寺中哑女乃是维卫化身，教我们前来拜礼。敢求活佛一见？

（老旦）哎哟！圣姑已圆寂半年了。多亏杜相公备了龛子，早已送至柳亭安厝矣。

（外背介）这道人怎如此说谎？

（老旦）老尼亦闻得是古佛临凡，特画得他一个真身在此，亦可拜礼。（引外、小旦看介）

（小旦）呀，那画像儿逼似昨日化斋的道人。

（老旦）这般说，那道人就是佛爷的化身了。

（外、小旦礼拜介）

（外）古佛临凡界，分身指示人。

（小旦）我今虔祷礼，愿为度迷津。

（老旦）请方丈告茶。（同入坐介）

【过曲】【玉芙蓉】（小旦）黄莺掷柳娇，玉蝶穿花小。看五湖春色，有几度坚牢？便真身不现，也索抽身早。况古佛亲临，可**还转步遥？**（向外揖介）**恕儿不孝，愿皈依暮朝。**（老旦）小姐有此坚心，何患不莲生足下？（小旦礼老旦介）**肯偕我这半龛灯火，守着这月儿飘。**

（老旦）阿弥陀佛！只怕老檀越不舍得。

（外）罢罢！你女子尚有回头，我男子岂容不悟？我把些田产都施在寺中，我也在此修行罢了。

（老旦）阿弥陀佛，难得老檀越这般善心。

【前腔】（外）**深怜女幼娇，转惜吾年耄。愿亲移素产，共守清宵。怕云堂**②**不许凡夫到，佛面空余肉眼瞧。**师父请上，受我女儿一拜。（老旦）不敢。只要皈依佛、皈依法、皈依僧。（小旦拜介）**休推调**③，拜你个**功深道高，指点这虚空钉橛**④**语分毫。**

【朱奴儿】（老旦）**撑得上、逆流半篙，赶得上、劲橹千涛。海底泥牛带月抛**⑤，**参脱**⑥**处功夫非小。**（合）**黄昏悄把木鱼静敲，早悟出虚空窍。**

（老旦）叫徒弟取两付⑦道衣来。

（丑、小丑持衣上）

（丑）**重把丝纶轻一掉。**

（小丑）岂知原只在竿头。（见介）呀！元来[8]是郭老相公同二小姐到此。

（老旦）两位都在此出家了。

（丑、小丑）难得难得。（作替外、小旦换衣介）

【前腔】（外）解得下蒙尘布袍。（小旦）挂得上漏月青绡。鬼窟里翻身向佛号，钉饀[9]里寻思难料。（合前）

集唐　烧竹煎云夜卧迟，解将无事当无为。

何人为校清凉力，愿得相从一问师。[10]

注　释：

① 皤（pó）然：须发斑白的样子。

② 云堂：僧堂，僧众设斋吃饭、议事之地。

③ 推调：推托，推辞。

④ 虚空钉橛：往虚空中打入木桩，指向高深虚无处寻讨佛法禅机。

⑤ "海底泥牛"句：出自宋代释原妙禅师偈子"海底泥牛衔月走，檐前石虎抱儿眠；铁蛇钻入金刚眼，昆仑骑象鸳鸯牵"。泥牛衔着映在海里的月亮在海底行走，指弃绝了思虑的世界而顿悟。

⑥ 参脱：参悟，参透领悟。

⑦ 付：通"副"。

⑧ 元来：同"原来"。

⑨ 钉饾（dìngdòu）：将食品堆叠在盘中摆设，比喻堆砌词语，寻章摘句。

⑩ 烧竹煎云夜卧迟：出自姚合的《送别友人》"独向山中觅紫芝，山人勾引住多时。摘花浸酒春愁尽，烧竹煎茶夜卧迟。泉落林梢多碎滴，松生石底足旁枝。明朝却欲归城市，问我来期总不知"。包燮改"茶"为"云"，以切合题旨。解将无事当无为：出自朱湾《过宣上人湖上兰若》"十年湖上结幽期，偏向东林遇远师。未道姓名童子识，不酬言语上人知。闲花落日滋苔径，细雨和烟著柳枝。问我别来何所得，解将无事当无为"。何人为校清凉力：出自陆龟蒙《中秋待月》"转缺霜输上转迟，好风偏似送佳期。帘斜树隔情无限，烛暗香残坐不辞。最爱笙调闻北里，渐看星潆失南箕。何人为校清凉力，欲减初圆及午时"。愿得相从一问师：出自岑参（一作卢纶）《酬畅当嵩山寻麻道士见寄》"闻逐樵夫闲看棋，忽逢人世是秦时。开云种玉嫌山浅，渡海传书怪鹤迟。阴洞石幢微有字，古坛松树半无枝。烦君远示青囊录，愿得相从一问师"。

第三十二出　化铜 （鱼模韵）

【南吕引子】【女冠子】（小生上）挂冠归里谁留住，无一梦、到皇都。看尘寰不是俺安身处，空目断、白云飞去。

"五湖春色十分肥，正是功圆果满时。无限水边林下客，漫将竹杖度须弥。"①自家乔因阜。督学两浙，提拔千才；拯救无辜，出离累孽。我仔细想将起来，富贵浮云，荣华春梦。若不究心生死，未免孽重难逃②。前日修下一本进与皇上，蒙准挂冠归里。喜看内典，兼阅藏经。一任谈玄谈妙，但了念佛是谁；从他说性说心，不问一归何处。正是："洞彻是非如梦幻，转身犹恐堕泥坑。"③近日于郊外置得荒田十亩，靖室④几间，野草供人，闲花寓目，这便是俺老年结果之场了。叫院子，倘有方外人来访，即便通报。

（末）晓得！

（丑扮女尼负铜上）"百年难遇岁朝春，姹女梳妆越样新。惟有东村王大姐，依然满面是埃尘。"⑤俺乃维卫如来化身是也。只为云石一段因缘，不知费了多少奔走。独有吴松乔子⑥未曾指示，今已挂冠归里。且喜道念颇坚，不免扮做尼僧模样，负铜一包到他家下，要他铸佛一尊，送到明州白檀供奉。那时再显个神通，使他倾心到彼，先后登天。来此已是，不免念起佛来。阿弥陀佛！

（末）姑姑从何方来？

（丑）从西方来，要见你家老爷，求通报一声。

（末）少待。（禀介）禀老爷，外面有一尼僧求见。

（小生）请进来。

（末出介）道有请。

（丑入介）大人在上，贫尼稽首⑦了。

（小生）请问姑姑到此，有何见教？

（丑）贫尼闻大人好佛，特化得些铜在此，要求大人铸一尊维卫古佛，送至明州白檀寺供奉，福德无量。

（小生）既是铸佛的铜，且收下了。老夫自当效劳。

〔末作收铜下〕

【过曲】【奈子花】（丑）喜君家好道无虚，这铜儿是佛遗躯。一言嘱托，片帆休误，有疏虞⑧不须惊怖。（小生）晓得了。教厨下摆斋。（丑）多谢了。回顾，恰好驾白云飞去。〔作驾云下〕

（小生惊介）呀，早驾云去也。

（末急上）禀老爷，真怪事！方才拿进去的铜，已化成一尊古佛了。

（小生）有这样事？快请出来一看。

〔末作扛佛上〕

〔小生礼拜介〕

【前腔】怪云根去得萧疏，原来是古佛亲呼。急须选日，莫辞劳苦，好看取焚香朝暮。分付，须买个阄儿⑨安措。

（末）晓得！

集唐　谁从毫末见参天，白鹿时藏种玉田。

尽日回头看不见，黄茅深洞敢留连。⑩

注　释：

① "五湖春色"句：出自宋代释原妙《偈颂六十七首其八》"五湖春色十分肥，正是功圆果满时。玉蝶穿花零碎锦，黄莺掷柳乱垂丝。灵云打失娘生眼，备老重添八字眉。无限水边林下客，谩将竹杖度须弥"。须弥，梵文，古印度神话中的名山，信佛者泛指山。

② 迯：同"逃"。

③ "洞彻是非"句：出自宋代释原妙《偈颂六十七首其三〇》"洞彻是非如梦幻，转身未免堕深坑。须知别有通霄路，不许时人造次行"。

④ 靖室：清静的房间，也指道家修养静息的处所。靖，通"静"。

⑤ "百年难遇"句：出自宋代释原妙《偈颂六十七首其五》"百年难遇岁朝春，姹女梳妆越样新。惟有东村王大姐，依前满面是埃尘"。

⑥ 吴松乔子：指乔因阜，剧中认为他是吴松人。

⑦ 稽首：僧道举一手向人行礼。

⑧ 疏虞：疏忽，失误。

⑨ 阁儿：阁子，供奉神佛的龛。

⑩ 谁从毫末见参天：出自陆龟蒙《二遗诗》"谁从毫末见参天，又到苍苍化石年。万古清风吹作籁，一条寒溜滴成穿。闲追金带徒劳恨，静格朱丝更可怜。幸与野人俱散诞，不烦良匠更雕镌"。白鹿时藏种玉田：出自钱起《题嵩阳焦道士石壁》"三峰花畔碧堂悬，锦里真人此得仙。玉体才飞西蜀雨，霓裳欲向大罗天。彩云不散烧丹灶，白鹿时藏种玉田。幸入桃源因去世，方期丹诀一延年"。尽日回头看不见：出自孟迟《还淮却寄睢阳》"梁王池苑已苍然，满树斜阳极浦烟。尽日回

头看不见，两行愁泪上南船"。黄茅深洞敢留连：出自柳宗元《南省转牒欲具江国图令尽通风俗故事》"圣代提封尽海壖，狼荒犹得纪山川。华夷图上应初录，风土记中殊未传。椎髻老人难借问，黄茅深洞敢留连。南宫有意求遗俗，试检周书王会篇"。

第三十三出　空访 <small>（家麻韵）</small>

【南吕引子】【步蟾宫】<small>（生官服，净随介，二卒引上）</small>**长安踏遍桃花马，春色在帽檐花下。惜流光、不敢玉鞭加，柳外归心初挂。**

【长相思】日影过，柳色拖，得意东风媚紫罗[①]，袍光洗玉珂[②]。　　倦云那[③]，淡烟和，杜宇初啼送隔坡，归心欲渡河。

下官得举进士，宴过琼林，果然得意看花、春风马疾。忽然想起那圣姑之言，一片热肠又化为冰冷。便道归宁[④]，早是吴松道中。闻得那年乔老师亦挂冠归里，更闻近日于郊外新置荒田十亩，靖室几间，往来的是大道谈玄，高僧说法。下官欲往拜谢昔日之恩，倘以冠带相访，必然不纳。不如换了便服前去。（**换衣**

巾介）苍头，拿个门生帖儿，随我访乔老爷去也。

（净）晓得。

（二卒先下）

（生行介）迤里⑤行来，惟见山青水秀，云白风和，又是初夏的光景了。

【过曲】【一江风】一春归，又早临初夏。见小绿藤萝罅，露空田牛背斜，阳乌⑥梦东风下。苍头，你且去问一声。（净向内介）列位，动问一声，那乔老爷的靖室在哪里？（内）门前有一派橘花的便是。（生）**门前有橘花，门前有橘花，疏篱带几家？见山根一队樵夫话。**

（净）来此想是这家了。怎的寂然无人？（向内介）借问一声，乔老爷可在家么？

（末院子上）老爷不在这边。

（生）到哪里去了？

（末）数日前，有一老尼负铜到来，募化老爷铸佛，送明州白檀寺供奉。转身不见，但见此铜已化成佛像。因此我老爷送佛到明州去了。

（生）原来如此。把帖儿留在此间，倘老爷归时，多多拜上，说杜爷曾来相访。

（末）小人理会得。（下）

（生）有这等异事，多应又是那圣姑显化也。

【前腔】忽闻言，不觉添惊讶。端则是如来驾，猛回头打破虚空，到处真身化。（净）老爷，这样看起来，前朝那女娃，前朝那女娃，何曾看眼花？（生）正是呢。这其间定有个缘和法。

　　集唐　旧山归隐浪摇青，琴许鱼龙月下听。

　　　　　此景得闲闲去得，应看名利似浮萍。[7]

注　释：

① 紫罗：紫罗襕，一种用紫色罗缎缝制的官服。

② 玉珂：马络头上的装饰物，多为玉制。借指高官显贵。

③ 那（nuó）：通"挪"，挪移。

④ 归宁：回家省亲。

⑤ 迤里（yǐlǐ）：亦作"迤逦"，缓行貌。

⑥ 阳乌：神话传说中太阳里的三足乌。借指太阳。

⑦ 旧山归隐浪摇青：出自李洞《赋得送轩辕先生归罗浮山》"旧山归隐浪摇青，绿鬓山童一帙经。诗帖布帆猿鸟看，药煎金鼎鬼神听。洞深头上聆仙语，船静鼻中闻海腥。此处先生应不住，吾君南望漫劳形"。琴许鱼

龙月下听：出自高骈《和王昭符进士赠洞庭赵先生》"为爱君山景最灵，角冠秋礼一坛星。药将鸡犬云间试，琴许鱼龙月下听。自要乘风随羽客，谁同种玉验仙经。烟霞淡泊无人到，唯有渔翁过洞庭"。此景得闲闲去得：出自李咸用《依韵修睦上人山居》"太玄太易小窗明，古义寻来醉复醒。西伯纵逢头已白，步兵如在眼应青。寒猿断后云为槛，宿鸟惊时月满庭。此景得闲闲去得，人间无事不曾经"。应看名利似浮萍：出自谭用之《闲居寄陈山人》"闲居何处得闲名，坐掩衡茅损性灵。破梦晓钟闻竹寺，沁心秋雨浸莎庭。瓮边难负千杯绿，海上终眠万仞青。珍重先生全太古，应看名利似浮萍"。

第三十四出　海徼 ^①（车遮韵）

【仙吕过曲】【甘州歌】【八声甘州】（小生道妆，引杂扛佛迎上）浮天一泻，看海光横阔，万里云结，无山穷树摇曳。半轮残月，遥瞻碣石，飞鹜杳远，望之罘 ^② 归雁绝。〖排歌〗游光洗浪影灭，洪流穿破一舟叶。流痕隐野，势接百川，飞过一帆雪。

（小生）来此是什么地方了？

（众）黑水洋 ^③。

（小生）海水上须要小心洁静。

【前腔】【换头】洋名黑水别，恁熬波出素、沙漉凝雪 ^④。恍浮槎犯斗，应有客星飞越。^⑤ 曾无马衔 ^⑥ 惊塞路，暗忆波臣 ^⑦ 怜在辙。（合前）

（内扮雷公、电母、风伯、雨师、力士跳舞上）

185

风初止　雨乍歇
妖星似为佛光灭

（小生）呀！忽然巨浪翻江，怒涛拍岸，好怕人也。

【前腔】淮南坠彗星⑧，**早翻江浪巨、搅海云决。怒涛拍圻**⑨，**魆地**⑩**海门难越。骂神独忆周敞烈，拔剑空怀陈茂铁。**⑪（小生作望空拜祷介）阿弥陀佛！汝是佛耶？是魔耶？是佛，扶助我等护送至彼；若是魔，同尔漂汲。（众龙神、天丁舞跳下）（小生）呀，可喜可喜。**风初止，雨乍歇，妖星似为佛光灭。波还静，水渐贴，孤舟犹觉客心悦。**

且喜云收雨歇，浪稳波恬，又早送出一天红日，真活佛也。我们再挂起帆来，顺风直入蛟川⑫便了。

【前腔】悠然大地平[1]，**羡碧天如洗，杳汲一线云结。恍屭楼倒吐，恰欲炫彩惊睫。方壶**⑬**净把愁气卷，员峤回看毒雾灭。**（合前）

（风初止介）

（众下）

校　勘：

[1]平：原文不清，据上下文意补。

注 释:

① 儆（jǐng）：本义为使人警醒，不犯过错。此处同"警"，即警报。

② 之罘（zhīfú）：即芝罘岛，在今山东烟台北部。秦始皇曾三次登临于此，芝罘从而有名。后常指代为遥远岛屿。

③ 黑水洋：位于台湾海峡。台湾海峡素以风高浪大、潮流湍急著称，中有"黑水沟"，亦称"黑水洋"，自北流南，广约百里，深不可测，海水浊黑如墨，险冠诸海。

④ "熬波出素"句：熬波，原指煮海水为盐；沙滤，"沙漉"之讹，原指削土、水淋的制盐工艺。出自南朝齐张融《海赋》："若乃漉沙构白，熬波出素，积雪中春，飞霜暑路。"句中以此喻大海白色波涛。

⑤ "浮槎犯斗"句：典出晋代张华《博物志》卷十，"旧说云天河与海通。近世有人居海渚者，年年八月有浮槎去来，不失期，人有奇志，立飞阁于槎上，多赍粮，乘槎而去。十余日中犹观星月日辰，自后茫茫忽忽亦不觉昼夜。去十余日，奄至一处，有城郭状，屋舍甚严。遥望宫中多织妇，见一丈夫牵牛渚次饮之。牵牛人乃惊问曰：'何由至此?'此人具说来意，并问此是何处，答曰：'君还至蜀郡访严君平则知之。'竟不上岸，因还如期。后至蜀，问君平，曰：'某年月日有客星犯牵牛宿。'计年月，正是此人到天河时也"。传说，有人乘槎（木筏）从海上到达天河，见到牛郎织女，又返回人间。此句中用"浮槎犯斗"事，指小生饰演的乔因阜以乘槎人自喻。

⑥ 马衔：传说中的海神，马首、独角、龙形。出自《文

选》中木华的《海赋》"若其负秽临深，虚誓愆祈，则有海童邀路，马衔当蹊"。李善注引《陆绥海赋图》："马衔，其状马首、一角而龙形。"

⑦ 波臣：水族。古人设想江海的水族也有君臣，其被统治的臣隶称为"波臣"。后亦称被水淹死者为"波臣"。出自《庄子·外物》："周顾视车辙中有鲋鱼焉。周问之曰：'鲋鱼来！子何为者邪？'对曰：'我东海之波臣也。君岂有斗升之水而活我哉？'"

⑧ "淮南"句：《淮南子·兵略训》载："武王伐纣，东面而迎岁，至汜而水，至共头而坠。彗星出，而授殷人其柄。"

⑨ 圻（qí）：山旁的石头。

⑩ 魆（xū）地：突然，猝然。

⑪ 周敞、陈茂：典出谢承《后汉书》："汝南陈茂，尝为交趾别驾。旧刺史行部，不渡涨海。刺史周敞，涉海遇风，船欲覆没。茂拔剑诃骂神，风即止息。"周敞为汉时交趾刺史。以往刺史巡视部属，不曾渡过涨海（今南海及爪哇海一带），刺史周敞过海遭遇风暴，船只将要沉没，刺史的佐吏、别驾陈茂拔剑怒叱水神，风浪即息。

⑫ 蛟川：原宁波镇海县的别称。本指大浃江，早年甬江出入海口的那段江面。

⑬ 方壶：传说中东海东北之仙山。常与下文的"员峤"并称。

第三十五出　疑释（家麻韵）

（老旦上）红轮杲杲正当空，昨日今朝事不同。①杜相公果然一举成名，今日到寺拈香。徒弟们，焚香击鼓，伺候杜老爷来也。

（内作击鼓撞钟介）

（外、小旦上）

（外）礼佛修行不较多。②

（小旦）几回残月入烟萝。③

（见介）请问师父，今日为何击鼓焚香得恁早？敢有甚官长来么？

（老旦）你们还不知，杜相公已中了进士，今日回来，就要到寺拈香。昨日差人来说，今早只得在此伺候哩。

（外）却好也。

【黄钟过曲】【北醉花阴】（生官服，净随上）今日个**紫绶绯袍**④自潇洒，须不是**十年前那些披挂**，止爱的**笼日月、护烟霞**，那一领袈裟。（老旦率众迎介）（生）又劳你这**老姑姑来迎迓**。（外、小旦见介）（生）则你这**老先生**，怎领着个**娇娥并禅刹？**

（老旦）请杜爷拈香。

（生作上香拜介）

（老旦）请老爷方丈用茶。

（众作入方丈，相见坐介）

（生）请问老伯，为何到此就是这般打扮？

（外）先生有所不知。那日老夫在家，有一道者前来化斋，说白檀哑女乃维卫化身，教我们前来礼拜。次小女颇亦好佛，同老夫前来礼拜，哪知已圆寂半年矣。及礼遗像，与道人无二，因此我父子就在此出家。惶愧⑤，惶愧！

（生）原来又有此异事。

【南画眉序】（外）怪底佛无加，出落金身幻真假。叹顶门一击，迸出红霞。（小旦）**洗残妆、欲赴清凉，**

抛尘浊、暂归幽雅。羡君已遂青钱选⑥，可一朝踏遍春花。

【北喜迁莺】(生)那日个片帆风下，一篙儿破斜阳、系小槎。老伯，你道圣姑果然圆寂了?(老旦)自然圆寂了。(生摇首介)**逢也么她**。(众惊介)哪里逢她? 怎生模样?(生)**还则是旧时身架**。止听得**闹波查**，早一队儿童随着她。(外)可曾问她个来历么?(生)**空吊牙**⑦，止任俺叫喉出火，没一字回咱。

(老旦)此时定该赶上，问她个缘故。

(外)只怕是先生看错了。

(生)不差不差。

【南画眉序】(众)**客眼倦昏花**，或者是飞红看走马。(生)难道我主仆二人都昏了?(众)怎**不问那时来历、昔日根芽**⑧? 幻虚空佛影，无疑真法相，分身不乏。渔舟一夜风吹去也，知只在芦花。

(生)还未奇哩。

【北出队子】问你那**影云无话**?(外)小女已亡过多年，前事休题。望祈海恕⑨。(生笑介)小侄岂敢复怀旧恨? 今晓呵，也曾在**渡口深林遇着她**。(外惊介）哪有此话？（生）**淡妆不减旧风华。**（外）与哪个为伴？（生）便是哑女[1]哩。则见她**侧眼流眉，将玉手叉**⑩。（老旦）或者是那日的小姑姑？（生）小姑岂不认得？分明是**那日题诗**的**小阿妈**⑪。

（老旦）这是活佛把小姐度去了，也未可知。

（外、小旦作疑介）

（生）我想哑女多是佛身现化。但前日是我们亲眼见敛⑫的，如今何不打开龛子一看？岂有佛身而尚存幻壳乎？

（外）这也说得有理。

（老旦叫老道人持锹锄上）

（丑上）师父，拿那锹锄何处使用？

（老旦）随了我们到柳亭去来。

（众行介）

【南滴溜子】南郊外，南郊外，柳阴亭下。东墙外，东墙外，草痕棺罅。看重重白云封固，苍烟护落花。真身化，今日开时不须惊怕。

（道人）这是圣姑的龛子，要开他？

（老旦）正是。

（道人）《律》[13]上，开棺见尸者斩。我不敢。

（净）有我老爷在此，不妨。

【北刮地风】（生）呀！早来到这**葬月埋**[2]**烟旧水涯，先把这锄儿溜，细草轻爬。**（道人作掘介）**拨泥痕，稍露些儿罅。**（道人）是龛了，就此打开罢。（作开介）（生）**交加老树还佳，透钉痕乱槌松打。**（众作看惊介）里面怎生空空的？（生）可则是**周子才归去的家，怎生的骨销形化？**（老旦）早有几行字儿。（外看介）又是个偈语也。（生读介）"大地山河是阿谁？了无一法可思维。夜来处处鸣钟鼓，敲破髑髅人不知。""须弥山上摆铎，大洋海底摇铃。若问哑女姓氏，即此便是真名。"[14]单拈出**那灵山一枝花，却不道眼里搵沙。**

（老旦）那边又有几行字儿。

（众看介）"明日午时，吾当降临云石说法。汝等当焚香伺候。"呀！明日活佛亲临，吾等都有好处。

（外）我想小女既能随着佛爷，必然亦有些缘故，何不也打开一看？

（老旦）也说得有理。

【南滴滴金】（外）**既然佛体无留下，斜阳渡口曾**

迎逐，圆陀陀^⑮应把个佳人化。何不向草儿寻、花儿拨？况相离不远，悄然的竟把棺儿发，顾影听声，仔细详察。

【北四门子】（生）想着她留春风笔底把香魂嫁，早早早，**早相随个母夜叉**。便**轻提佛手将幽灵把**，怕消不去**粉骷髅**^⑯**肉体瑕**。（外）这也说得有理。但我心中疑惑，打开一看，便知端的。（生）既如此说，我们要轻开些。倘肉身尚在，岂不惊坏了小姐？休得要动了髻丫，乱了鬓发，唱玎珰的溜的金钗滑；休得要坏了袖纱、损了绣^[3]袜，蓦忽地把香躯践踏。

（老旦）说得是。我们就走。（行介）来此已是。老道放轻些。

（道人）晓得！（掘介）

【南鲍老催】沙尘遍加，绿苔深影封片霞，寸余钉外抹乱挝^⑰。轻轻起，慢慢携，微微刮。已经日晒风吹罢，萧萧捻^⑱是狐狸凹^⑲。（道人）有些起来了，一发打开罢。（作开棺，出帚介）（众作惊介）这帚儿何日把尸骸假？

（众）这也奇绝，怎生是一把苕帚？

这帛儿何日
把尸骸假

【北水仙子】（生）呀呀呀，**眼抹了花**。这这这，这的是**众眼开棺，可信了咱**。早早早，早**走遍天涯**。恁恁恁，恁**留些勾搭**。（提帚问外介）问问问，问**题诗的可是她？**恼恼恼，恼杀你个**丈人峰**⑳**一谜哗**。恨恨恨，恨他个**无媒径千般话**。再再再，再**猜不出这根芽**。

（老旦）前话休提。明日佛爷降临，自有分晓。

【南双声子】**空田塔**㉑，**空田塔，凄然的斜阳挂**。**孤坟塌，孤坟塌，翛然的栖乌下**。**未到家，未到家；不可查，不可查**。**待亲临佛圣，自识缘法**。

【北尾】（生）**怎能勾一槌击碎三分话？**这其间定有个**枯树开花**。**须晓得贼后张弓**㉒**都是假**。

集唐[4]

校　勘：

[1]女：原文缺，今据上下文意补。
[2]埋：原文作"理"，今据上下文意改。
[3]绣：原文模糊，据上下文意补。
[4]本出"集唐"字样后无诗句。

注 释：

① "红轮"句：出自宋代释原妙《颂古三十一首其二五》："红轮杲杲正当空，昨日今朝事不同。尽谓古今都坐断，谁知贼过后张弓。"

② "礼佛"句：出自宋代释原妙《颂古三十一首其一五》："礼佛修行不较多，何须特地起干戈。直饶打得回头后，兔子何曾离得窠。"

③ "几回"句：出自宋代释原妙《颂古三十一首其一八》"猛虎深藏浅草窠，几回明月入烟萝。顶门纵有金刚眼，未免当头蹉过他。"

④ 紫绶绯袍：紫色的绶带，红色的官服，指高官的装束。

⑤ 惶愧：惶恐羞愧。

⑥ 青钱选：喻科举考试。

⑦ 吊牙：分辩、论理。

⑧ 根芽：植物的根与幼芽。比喻事物的根源、起因。

⑨ 海恕：大度宽恕。

⑩ 玉手叉：行叉手礼。叉手示敬，是古时与人见面的一种礼节。

⑪ 小阿妈：小妇人。

⑫ 敛：同"殓"，收殓。

⑬ 《律》：《大明律》导《发冢》条"开棺见尸者斩"。

⑭ "大地""须弥"两偈：出自南宋释志磐著《佛祖统纪》卷四十五《法运通塞志》："（天圣二年）四明名儒卫开游学至洛阳，遇道人李士宁于逆旅，谓开曰：'君乡城戒香有哑女者，过去维卫佛也。若归，可往礼拜。'问其状，则曰：'缩臂扫地者是也。'开既归，亟往寺访之。一老尼曰：'圣姑坐化年余矣。'因示以画像，灶香作礼，自以不睹尊容，为之愧恨。明年过钱唐，客

书吏陈式家。忽见小儿十数拥一尼童入门，哗传云：'哑女！哑女！'开方惊顾，遽索纸，书偈曰：'大地山河是阿谁？了无一法可思惟。夜来处处鸣钟鼓，敲破髑髅人不知。'复于偈后书'无去来'。开前礼足，略述戒香得瞻遗像之意。复书偈云：'须弥山上摆铎，大洋海底摇铃。若问哑女姓字，只此便是真名。'出门竟去。追问小儿：'哑女何人？'儿曰：'维卫佛也。'问儿何人？曰：'问取哑女。'忽俱不见。"

⑮ 圆陀陀：物之圆形。禅家以此语形容心体之圆满无际。

⑯ 粉骷髅：原为对美貌妇女的蔑称，意谓姣好容颜不过敷粉骷髅而已。这里指美女尸骨。

⑰ 挝（zhuā）：古同"抓"，用指或爪挠。

⑱ 揔（zǒng）：同"总"。

⑲ 狐狸凹（wā）：狐狸窝，荒郊野外狐狸出没之处。

⑳ 丈人峰：丈人，此处为杜言称呼影云父亲郭茂才。

㉑ 田塔：泛指安葬尸身的墓塔。

㉒ 贼后张弓：贼已逃走，方拉开弓。多用以斥责机思迟缓者，或喻采取措施不及时。语出《明觉语录》卷三："师一日问僧：'你寻常为什么不上来？'僧云：'长上来，只是门闭。'师云：'为什么不入来？'僧云：'来也。'师云：'贼过后张弓。'"

第三十六出　圆石 （萧豪、鱼模韵）

【正宫引子】【菊花新】（小生道妆上）幸然无事鼓风涛，激起洪波万丈高。顷刻制龙蛟，辽海外佛光非少。

我乔因阜，送佛至明州，早进了蛟川。来此已是白檀寺，不免先进去，说与尼僧知道，叫他们迎接宝座便了。（叫介）可有姑姑在么？

（老旦上）花雨征波空相色，枫风皓月涤尘缘。（见介）原来是一位居士。请问何来？

（小生）住持法智，可就是老姑姑么？

（老旦）正是。

（小生）在下呵。

【过曲】【泣颜回】垂老爱清操。（老旦）好阿。（小生）一日呵，**有一位姑姑送宝**。〔老旦〕是什么宝？〔小生〕**非珊瑚玛瑙，哪讨贝锦琼瑶**。〔老旦〕敢是夜光珠？〔小生〕一发不是。乃是一包铜，言："欲铸佛一尊，送到白檀供奉。"言讫而去，但见此铜已化成一佛。因此**不辞海岛，挂风帆一艇斜阳罩**。〔老旦〕竟送到了，好大功德。〔小生〕不想来到黑水洋[①]，值天阴雾起，风涛汹涌。在下望空而祷，祷毕只见天开雾散，浪息风恬，顺帆直入蛟川。因此先来告过，宝座就好到也。**幸慈航已进蛟关，宝莲台此时将到。**

〔老旦〕这般说，老居士便是乔老爷了？

〔小生〕老姑姑怎生晓得？

〔老旦〕昨日杜老爷回来说的。

〔小生〕哪个杜老爷？

〔老旦〕便是杜言相公。

〔小生〕我也闻他中进士了。

〔老旦〕正是。那杜老爷呵。

【前腔】为登朝，无以报公曹，不惮登龙拜倒。〔小生〕他又去拜我？虚此一行了。〔老旦〕**闻君送佛到，明州音信寥寥。为识虚空幻影造，瞿昙现出红轮**

呆。今日不但宝座送到，佛爷午时降临云石说法也。

（小生）怎有此事？（老旦）说也话长，降临自晓。**扫云根候佛亲临，看沙门石光腾耀。**

（外、小旦上）

（外）"佛手驴脚与生缘，鬼面神头有几般？"

（小旦）"云散碧天孤月朗，澄潭彻底影团圆。"②（见介）

（老旦）这就是乔老爷，送佛到此了。

（小生）二位有些厮认。

（外）前愚父子俱蒙天断，未伸少报。

（小生）是了，我道有些面善。

（生道扮上）"逆风吹又顺风吹，铁眼[1]铜睛怎敢窥？万古碧潭寒界月，再三捞漉始应知。"③（见介）前蒙拔救，所恨各天④，叩拜不达，凄感欲绝。

（小生）匆匆言叙，何以为怀。送佛远来，有失迎迓。

（众作扛佛送上）

（小生）佛到了，我们先礼拜者。

（众作念佛顶礼介）

（众）呀！忽闻半空中天乐异香，想是佛爷降临也。我等须祗迎⑤者。

（丑维卫佛，旦道妆，金童玉女引上。）

【神仗儿】香烟几缕，香烟几缕，空中遍布。吹法螺击鼓，来至白檀古宇。坐云石，指迷途；坐云石，指迷途。

"银蟾出海照无私，处处分明是阿谁。见面不须重问讯，从教日炙与风吹。"⑥贫道，乃过去维卫如来是也。杜言等俱与今日证明。独乔因皂一段因缘，尚在米颠身上，我已令海岳大仙⑦随后指点他。今日只索降临云石也。

（众作迎接，丑坐石上介，众拜介）

（外、小旦作见旦）

（小旦）呀，这不是我姐姐么？

（外）我那儿嗄，是我一时错见误了你。你一向在哪里？好想杀我也。

（旦）爹爹，妹妹，今日既已证明，何为又生烦恼？

（生揖介）小姐，被你害得小生好苦也！

（旦羞避介）杜郎尊重。当时我自无心，今日郎君何必有意？

（生）小生当日也是无心，只是你令尊凡心太多了些儿。

（旦）休得取笑。佛爷业已登石，试听讲演则个。

（众趺坐[8]介）

（丑持帛拭众介）汝等俱识本来面目乎？

（众作悟介）呀！原来我等都是天上星辰，偶因微过得谪，今日才是我等证果之日。云石一痕，便生大觉。

（小生）惟弟子尚昧本来，伏望佛爷指点。

（丑）汝悟期已到，当再俟半日机缘，自有证明师到。

（净弥勒、末释迦上）"吾有一躯佛，世人皆不识。不塑亦不装，不雕亦不刻。"[9]

（众迎介）

（净、末亦登石坐介）

（丑）又劳你二位了。

（净、末）亏你度得这班人也。

【乔合笙】（合）偶为思凡误，降下尘污。一宵儿题诗走鹧鸪，偶续痴心留月呼，难藏赭垩⑩衷肠吐。寒烟泣断啼乌，帚尾云先度。错认泉台路，游躯已过斜阳[2]渡。哀辞翻把冰肌诉，不许云容偷露。与我幻有妆无，拨人盲瞽。

【调笑令】叹儒门冷素，怎受官法如炉⑪？呀！案底丘山笔已枯，痛离披⑫死入蛙蝇户，急切里无以脱囚狱。从何倩尔将愁去，信梨云一梦萧疏。

【幺篇】强支吾，棒头顾不得亲生女，空闺残蜡冷流苏。及至离魂处，犹云陌上认罗敷。强执曾欢聚，哪知月底空留句，桑花终不犯秋胡⑬。两分飞，断肠外影模糊。

【圣药王】虽则是嘲风入有，毕竟是弄月归无。泊舟处，感得啼魂下玉蜍⑭。墨粉看空虚，释放穷儒。

【包子令】花外功名心未除，上帝都，得意春风马足驱，指点信醍醐。待孤帆一面空回顾，归来还不认当初。这的是俗眼看来诬。

【前腔】两地开棺有也无，枉嗟吁，秃帚空提小

虽则是嘲风入有

毕竟是弄月归无

偈呼，何处觅遗躯。想从前打骂休嗔父，翻身谁则是儿孤。可也姊妹免踌躅。

【秃厮儿】今日个三佛亲指语，下云衢 ⑮，石影化璠玙 ⑯，实与虚有授无。待生公 ⑰ 点点说真如，才得到屠苏 ⑱。

【越恁好】垢质凡夫，阎浮尘路。谁知宝刹红云护，在我等休辜负。〔合〕念西来石头古摆布，出街衢千年不芜，化云飞归净土。

【前腔】空夹两湖，沦埋墙堵，龙门起闭烟霞户，如佛顶露浮图。〔合前〕

【尾声】从今这摇铃摆铎须参悟，还可是当年哑女，须信这一块出《郡志》⑲ 的云石藏根事不虚。

〔众作驾云下〕

〔小生吊场〕好怪，好怪。你看杜言、影云一班人，都随维卫尊佛腾空去了，单只留下我乔因阜一人在此。是人是仙？是醒是梦？想是我尘缘未断，尚尔淹留。方才佛爷说有师证明，不识何人是俺的证明师也？不免就在云石之旁，趺坐参禅便了。〔作坐蒲团参禅介〕

〔末华阳巾、花袍、羽扇上〕四海游来犹未遍，人间又是五百春。小圣米元章，曾于大宋年间将支机石谪落尘凡，埋没在四明城里。光阴迅速，早已六百余年。那王乔[20]上仙，他因吞了北邙山肉芝子[21]，得证仙班。夺人之精，成己之道，上帝也有些怪他，也谪[3]下尘凡，颠倒名姓，唤名乔因皋。迷失本来数百余载，适因维卫佛示现法身，他才感悟，在云石之旁苦参力证，与那一块支机石罪限皆满。昨奉佛爷法旨，不免向前唤醒他来，同登上界便了。你看，石已点头人未醒，可怜参证几时休。（作向小生背唤介）子乔！子乔！

（小生惊醒介）朦胧才做新来梦，琐碎谁呼旧日名？我乔因皋，一觉睡的正好，是何人唤我？（回头见末介）呀！米海岳先生，因何到此？

（末）借问子乔，乔因皋是你何人？

（小生作想介）正是，好奇怪，好奇怪。我本王子乔，因何变成乔因皋？若非大仙提醒，几失本来面目。

（末）失了本来面目也还多哩。且看你座下这块石头，还是什么？

（丑以线竿系绵，换座下）

（小生看惊介）呀，更奇更奇！怎一块石头，化成一片白云？

（丑摇竿作飞绵介）

（小生拍手悟介）是了，是了。多谢大师点化。

（末）汝今已悟，便可乘此白云，随我回佛爷法旨去也。

（大擂锣鼓，随绵舞下）

校　勘：

［1］眼：原文作"胆"，据上下文意改。参见本出注释③。

［2］阳：原文为"易"，今据上下文意改。

［3］谪：原文作"摘"，今据上下文意改。

注　释：

① "不想来到黑水洋"等情节：出自明宣德四年宝云讲寺住山法弘撰《铜像缘记》。《铜像缘记》载："戒香寺铜佛像者，不知何代有也。唯本寺老尼法智传言，此像乃先师历代供奉。祖述遗语，昔有一人，率五百余人迎置寺，云：某是广东人，举家茹素事佛。一日天将晚，忽有总角女子负铜一包到家，言：'铸铜佛一尊，貌欲似我，送去浙东明州府戒香寺供养。'言讫而去。家人闻是铸佛，净铜乃置于堂中桌上。次晚，但见此铜化作佛像在桌，貌似寄铜女子无异。因觉是佛神力，自行现化。于是如其言，载至黑水洋。值天阴

雾，风涛汹涌，舟楫失次。众人惊惧，遽祷像曰：'是佛耶？是魔耶？是佛耶，扶助我等护送至彼；是魔耶，同尔漂淹。'祷毕，天开雾卷，浪息风恬，顺帆直入定海港内。询送至此，即考钟伐鼓，奉延瞻礼，颜貌俨似向日本寺哑女也。"信知是维卫佛自行设化无疑矣。

② "佛手""云散"句：出自宋代释原妙《颂古三十一首其三十一》"佛手驴脚与生缘，鬼面人头有许般。云散碧天孤月朗，澄潭彻底影团团"。禅宗黄龙派祖师慧南常以"生缘""佛手""驴脚"三问接引僧徒，被称为"黄龙三关"。《黄龙慧南禅师语录》记载：师室中常问僧出家所以，乡关来历，复扣云："人人尽有生缘处，那个是上座生缘处？"又复当机问答，正驰锋辩，却复伸手云："我手何似佛手？"又问诸方参请宗师所得，却复垂脚云："我脚何似驴脚？"三十余年，示此三问，往往学者多不凑机，丛林共目为"三关"。《佛教大辞典》阐释："我手、佛手兼举，表明凡圣无二，只要直下荐取本心，即会超佛越祖；我脚、驴脚并行，显示我与兽类在'无生性空'上一致，人人皆因前世因缘转生而来，无法超脱业报轮回之轨则；人之心性与佛相同，皆有成佛之可能。人与其他众生，于本质上皆无二致，既能共同轮回六道，亦能觉悟成佛。"

③ "逆风"句：出自宋代释原妙《颂古三十一首其三十》"逆风吹又顺风吹，铁眼铜睛争敢窥。万古碧潭空界月，再三捞摝始应知"。

④ 各天：天各一方。

⑤ 祗（zhī）迎：恭迎。祗，恭敬。

⑥ "银蟾"句：出自宋代释原妙《颂古三十一首其二八》

"银蟾出海照无私，处处分明是阿谁。见面不须重问讯，从教日炙与风吹"。

⑦ 海岳大仙：米芾，剧中的角色，详见第一出。

⑧ 趺（fū）坐：佛教徒盘腿端坐，左脚放在右腿上，右脚放在左腿上。

⑨ "吾有"句：出自唐代契此（布袋和尚）《偈·其四》"吾有一躯佛，世人皆不识。不塑亦不装，不雕亦不刻。无一滴灰泥，无一点彩色。人画画不成，贼偷偷不得。体相本自然，清净非拂拭。虽然是一躯，分身千百亿"。

⑩ 赭垩（zhěè）：赤土和白土，古代用为建筑涂料。

⑪ 官法如炉：官府法度像炉火一样无情。

⑫ 离披：分离。

⑬ 秋胡：事见汉刘向《列女传·鲁秋洁妇》。秋胡是春秋鲁人，婚后五日，游宦于陈。五年乃归，见路旁美妇采桑，赠金以戏之，妇不纳。及还家，母呼其妇出，即采桑者。妇斥其悦路旁妇人，忘母不孝，好色淫佚，愤而投河死。这里借指影云与杜言并无瓜葛。

⑭ 玉蜍（chú）：神话中的月中蟾蜍，即月亮的别称。

⑮ 云衢：高空。

⑯ 璠玙（fányú）：美玉名，后泛指珠宝。剧中比喻如杜言等美德贤才。

⑰ 生公：晋末高僧竺道生，世称生公。竺道生解说佛法，能使顽石点头。此处借生公说法，喻精通者亲自来讲解，必能透彻说理而使人感化。

⑱ 屠苏：屋宇的代称，这里指人家。

⑲ 《郡志》：张时彻所纂《（嘉靖）宁波府志》，载有哑女、云石事。

⑳ 王乔：王子乔，神话人物。一说名晋，字子晋。相传为周灵王太子，喜吹笙作凤凰鸣声，被浮丘公引往嵩山修炼。

㉑ 肉芝子：又称肉灵芝。民间俗称为"太岁"。

附录

一、包燮生平资料汇编

（一）传记文献

包隐君燮

字惕三，号夕斋。诸生，丙戌（1646）后弃之。少工诗，兼善琴，能度曲。尝赋《明月词》，独为时所赏，因以"包明月"呼之。胡京兆鹿亭[①]序其诗曰："夕斋负才最高，飞扬跋扈，目无一世。既遭丧乱，浮沉闾闬，多为变徵之声。已而饥火驱人，碎琴而出，远游京洛，不能不委蛇贵游间。然其登高吊古，胸中磊块有不可消灭者。倦游而归，环堵萧然，而歌声出金石，浩浩落落如故也。"颇足以尽夕斋之生平。予取即以为其传。

自夕斋晚为京兆及黄户部又堂座客，里中少年意其为咸淳以后人物。予特列而进之，使列于国初诸公之前。因叹是诗遗民如无界、荔堂、隐学[②]诸先生，相戒不与时贤时贵迁往，良为高节。然而布衣报国，必欲其杜门却轨，以饿死于穷谷，亦何容易。未可以一概苛求也。

夕斋诗极多，今其子孙甚微，不为收拾，而包氏群从，虽在仕籍者，亦尽属市井鱼盐之胸臆，问以夕斋之遗文，茫然莫应，故所存寥寥焉。

注　释：

① 胡京兆鹿亭：胡德迈，字卓人，号鹿亭。鄞县人。康熙年间官至河南道御史、顺天府府丞。

② 无界、荔堂、隐学：无界，王玉书，字水功，学者称无界先生。荔堂，林时跃，字遐举，号荔堂。隐学，高宇泰，字元发，一字隐学，学者称檗庵先生。三人均为鄞县人，明清之际志节之士。

　　——（清）全祖望辑《续甬上耆旧诗》卷七十二"诸遗民之二"

包燮

　　包燮，字惕三，一字夕斋，诸生。少工诗，尤妙于琴，能度曲。尝赋《明月词》，极为时所赏，因以包明月呼之。家贫，客游京师，登高吊古，时或作变徵声。倦游归，往往绝粮，弹琴赋诗泊如也。所著有《夕斋稿》。（采胡鹿亭诗集序及续耆旧集）

按，夕斋自丙戌后，亦不复应试。然以索游故，或尚与时员往还。拟之钱文蔚[①]、沈心石[②]，似属不伦。故未敢列之咸淳人物中也。

注　释：

① 钱文蔚：钱豹，字文蔚，鄞县人，明遗民。
② 沈心石：沈士颖，字哲先，一字心石，鄞县人，明遗民。

——（清）蒋学镛《鄞志稿》卷十五《文苑传》下

江东包氏

《甬上族望表》：包氏御史泽，一望。

开科进士包公莘　字尹耕。弱冠通六经，与王厚孙、张原楷齐名，人称"四明三先生"。洪武三年（1370）进士，授湖广新城县丞，以诖误免。所著有《蛟川集》。

御史包公泽　字民望。登弘治九年（1496）进士。拜监察御史，巡按湖广。奏藩臬不职者，勒王府侵田，归之民。所至望风。解印绶去。时有"阎罗包老"之称。性孝友，二亲早世，诸弟妹力为抚字。宦成，积俸置田，为诸昆弟祭葬之需。仲弟浩，好施，称于乡里。孙大爝，嘉靖三十八年（1559）进士，官郎中。（《嘉靖志》）

御史转知府包公溥　字民敬，侍御泽之从弟。弘治三年（1490）进士。任南京监察御史，以风裁称。转泉州知府，庭鲜滞讼。入觐，卒。囊无十金。人称"包孝廉"云。弟沐，字民新，以贡授石埭训导。（《嘉靖志》）

包同知梧　字子木，号白崖，御史泽之从子。由举人通判苏州。时织造中贵怙势，长揖不屈；诸额外取索，裁革殆尽。心衔之，诬奏逮狱。谪同知无为州，罢归。为诗文奇诡雄俊，自成一家言。有《白崖集》。（《嘉靖志》）弟桐，嘉靖戊子（1528）举人，官知县。

包参军大中　字庸之。以太学生官运司知事。

有《参军集》《东征稿》。(《耆旧传》)

沈嘉则《登包氏碧岑楼》诗

淡月微茫江水平，登楼一啸俯空明。

天当尽处山长接，潮欲来时风自生。

闽粤帆樯通海徼，鱼盐墟市隔江城。

夜深坐听渔歌起，不是当年画角声。

包典仪大炯　字明臣。以明经官益府典仪正。
(《耆旧传》)

包燿　嘉靖辛卯（1531）举人。

包坡　隆庆庚午（1570）举人。(《鄞献表》)

包德州士瞻　字五衢，号岩叟。少有文名。以
太学生官同知德州。江东包氏世有词人，德州最为
后来之秀。(《耆旧传》)

包隐君燮　字惕三，一字夕斋。诸生，丙戌
（1646）后弃之。少工诗画，兼善琴，能度曲。尝
赋《明月词》，极为时所赏，因以"包明月"呼之。
胡京兆鹿亭序其诗，称其"负才最高，目无一世。
既遭丧乱，浮沉间闾，多为变徵之声。已而饥火驱
人，碎琴而出，远游京洛，不能不委蛇贵游间。然其

登高吊古，胸中磊块有不可消灭者。倦游而归，环堵萧然，而歌声出金石，浩浩落落如故也。"京兆之序，足以尽夕斋之生平，即以为其传。(《续耆旧传》)

包夕斋《移归旧居》诗

参政门庭异昔时，小江高柳不堪思。①

蒸尝得奉先人宅，伏腊曾亲孝子祠。②

声度竹来风有韵，影移花去月先知。

独寻双树怜栖鸟，久失归飞绕一枝。③

风为四壁月为门，篱落虚拦枯树根。

过客有时停杖履，居人随意放鸡豚。

颓垣易见蓬蒿长，荒径难言松菊存。

留得半间残屋在，往来一任雨翻盆。

注　释：

① 原诗注：旧居得之参政张白斋先生后人。"小江、高柳"是吾家先生诗也。

② 原诗注：予向居董征君祠下。

③ 原诗注：旧有桐、桂二树，高可插天。

——（清）徐兆昺《四明谈助》卷三十二"东郭"

《云石会传奇》校注

包士瞻

士瞻，字岩叟，号五衢，景三昂一房介泉公一鹏长子。万历二十六年例入南京太学，授山东济宁府德州通判，升北京大名府开州同知。配赵氏（北门，隆庆庚午举人，教谕公女），封安人。侧室汪氏、周氏。公生于嘉靖四十四年乙亥岁三月初三日某时，卒于崇祯五年壬申岁六月十六日某时，年六十八岁。赵氏生于隆庆元年丁卯岁七月初七日某时，卒于万历四十年壬子岁三月十九日某时，年四十六岁。汪氏生于某年某岁十一月二十六日某时，卒于某年某岁九月初七日某时。周氏生于某年某岁正月初八日某时，卒于某年某岁十月十六日某时。合葬于梅湖。

子二：自立（汪氏出）；自法（一名燮，周氏出）。女二：长适张某（慈溪，庠生，兵部尚书九德公子）；次适周某（湖西，南京礼部尚书文穆公子），周氏出。

——《甬东包氏宗谱》卷五《世系录》三"二十五世"

包自法（一名燮）

自法，一名燮，又名元宰，字惕三，号夕斋，小名德。行世三十八，昂一房五衢公士瞻次子。家居教授，善图画，工诗赋，有《夕斋诗赋集》。配张氏（南社坛庙庠生某公女）；侧室王氏。公生于万历四十八年庚申岁七月二十日酉时，卒无考。张氏生卒无考；王氏生卒无考。葬无考。子四：长（名无考，殇，张氏出）；次（名无考，殇）；三，同翰；四（名无考，殇，王氏出）。女一，适俞德纶（华严巷庠生心榖公子），王氏出。

——《甬东包氏宗谱》卷五《世系录》三"二十六世"

（二）交游

包惕三诗题辞

周齐曾

人知惕三工诗别工琴，乌知惕三琴不必一条蛇蚹纹黑漆古焦尾[①]，只点点纸上墨，皆桐音丝响，如雷家物，声从两池间欲出而隘，裴回不去；又不必作霹

霭引，才雄夫毅子魄动发立；其幽情淡句，已足令有
心人欲笑欲哭。是诗中有琴，琴可无弦，弹不必指。
昔《醉翁操》得庐山道者谱其声，东坡居士谱其词，
乃为称绝。惕三殆合琴、诗为一事，合庐山道者、东
坡居士为一人矣。然则何不可名其诗曰《偶弹》？

注　释：

① 蛇蚹纹黑漆古焦尾：指佳琴、名琴。蛇蚹纹，有的古
　　琴断纹如蛇腹下的横鳞，故称。黑漆，琴常髹以黑漆。
　　焦尾，蔡邕所创制之古琴。《后汉书·蔡邕传》："吴
　　人有烧桐以爨者，邕闻火烈之声。知其良木，因请而
　　裁为琴，果有美音，而其尾犹焦，故时人名曰焦尾
　　琴焉。"

——（明）周齐曾《囊云文集》卷一

赋得"秋色偏欺客路中"为包惕三

谢泰宗

久客忘归计，新增屡几量。

周南何留滞，燕越遥相望。

杨柳昔依依，雨雪今何状？

寄言浮云游，淹恤不知向。

代为弹铗声，前人词莫尚。

澄影动悲风，霜辰冷帷帐。

清奏引边筲，黄花瘦客况。

蒲柳质易零，鸿雁五更吭。

故乡岂不悲？行道意增快。

天高气沉瀄，马首多疠瘴。

闻笛山阳哀，登楼荆州旷。

知音流水微，古道如欲丧。

今昔共一景，兴词理非诳。

去子川途遥，旅魂惊秋壮。

摇落变物情，萧瑟添尘块。

胜景欲平分，奚囊句堪饷。

归来勿滞淫，无与金飙抗。

——（清）谢泰宗《天愚先生诗集》卷二

赠包惕三

魏裔介

鄞人包惕三工诗文，自海上从乔文衣来，晤余都下，
作此赠之。

五侯门不入，杖履足沧洲。

因觅飞凫舄，来从巨鹿游。

墙东堪大隐，砚北自清流。

著作多新语，知登王粲楼。

——（清）魏裔介《兼济堂诗集》卷三

包惕三移居江干旧业之偏

胡文学

十年客舍共衔杯，此日萍逢喜却回。

宅本汉阴相望对，人从栗里更归来。

丽词到处传明月，高咏倏然下啸台。

最是江村扶送处，柴门仍向竹阴开。

——（清）胡文学《适可轩诗集》卷三

二、包燮现存诗词汇辑

寄怀友人读书剡川

人情近秋月，我梦生江楼。

故人读书去，常见云悠悠。

相思寄双鲤，与尔订暮秋。

随风载一叶，赋诗对中流。

芦花照深影，一雁鸣相酬。

为我语诸公，且勿买归舟。

访囊云大师

四郊满红叶，此地多枫林。

孤舟落河曲，掩映芦花深。

云起水穷处，农夫指青岑。

白鸟鸣去边，杖履可追寻。

行行近烟火，钟磬留余音。

禾黍堆茅屋，夕阳照空阴。

其中有高隐，著书多苦吟。

祝发怀大志，无人知此心。

东湖

忆昔避乱东走湖，六月亢阳万壑枯。

老妻足折气力无，皮肉焦死悲道途。

屈指于今忽六秋，杖藜不过心悠悠。

夜来雨歇晴泛舟，七十二溪合一流。

长堤日落渔人聚，烟生细网不知处。

凫鸥逐队来复去，舟人指点沙边树。

陶公岭下多居人，一枝一叶凭有神。

何不化作十万军，与我一扫天下尘。

恶溪阻风雨

江头昨日许骑马，雨深泥滑不相假。

渡头今日拟买船，风高浪急不敢前。

家中有儿方读书，老妻字浅教不如。

家中有圃当刈草，童子力薄锄不好。

雨脚未绝风未息，日多豺狼夜多贼。

即今道路满荆棘，我从何处歌乐国？

绮阁

绮阁秋将半，窗开晓色寒。

月沉花睡足，日放鸟愁宽。

卷幔嗔蚊饱，翻书惜蝶干。

满天霜未落，枫叶几时丹。

江行

海潮归不待，我亦爱江行。

鸦过秋阳影，鸡鸣落叶声。

荒村闻笑语，野老解逢迎。

为指云深处，留人有化城。

都家妇

天寒客海外，愁心倍凄切。

况从浪声里，隐隐闻呜咽。

举步叩所之，茅檐殊栗烈。

床有白发翁，垂头闷如结。

一妇恒相依，收泪为我说。

向妾归都门，裙布亦修洁。

生有五男儿，衣食幸无缺。

夜破瀜洲城，尸满街头血。

所望有逃亡，一二得不绝。

寂寂久不归，始知同日诀。

老妇泪已枯，老翁血亦竭。

老翁终不起，老妇与我别。

归来灯烛昏，窗破风淅淅。

但闻生者哭，那闻死者泣。

渡曹娥江

晓雾迷江口，中流隐棹声。

天低山雨重，潮落岸云横。

孝女千秋渡，游人一日程。

风波初作客，满目乱离情。

吴山晓望

一望众山出，远山晴更佳。

初烟散高柳，淡日笼低花。

鸟发浅深树，犬鸣千万家。

钱塘正潮落，近岸惟平沙。

伍公庙

古屋闭江声，高梁走山鼠。

遥遥望颜色，肃肃拜阶伫^①。

敢问江上潮，怒气几时沮？

注　释：

① 伫（zhù）：同"伫"，伫立。

石门饮月

百里收帆早，携尊就绿芜。

地平残日迥，天侧晚霞孤。

碧水犹分越，青山未断吴。

半楼初得月，争看酒家胡。

送王西樵进士归新城

不识桓台去，河桥几处通？

枯杨秋水白，寒枣夕阳红。

旧垒空梁燕，新城别塞鸿。

长安初送客，愁绝是西风。

渡漳河

三年客燕晋，出门鞭在手。

策马邯郸来，买船漳河口。

慷慨赋中流，赵魏分左右。

空寻铜雀台，黄云遮岸柳。

卫辉僧寓述苏家老人语

客窗六月苦炎暑，望午听雷思夜雨。

古鄘太守送酒来，举杯欲酌谁与语？

苏家老人偏好饮，饮亦不多能道古。

自言生长卫辉东，少年曾在潞王府。

向因征输走汉阳，不道归来国无主。

庚辰年间民苦饥，黄河水溢侵堂庑。

卫灵坟上树皮尽，比干墓边草不吐。

杀人作食满街市，塔儿铺前不计数。

一人白日不敢行，死者不弃皮肉腐。

黄尘蔽日天无光，客程南北两河阻。

迩来城郭虽荒凉，小民悉知往年苦。

一年各积两年食，不愁官府政如虎。

老人言罢醉欲归，邻寺遥遥闻钟鼓。

吁嗟人民尚有存，我来此地哀王孙。

渡黄河

昨渡漳河水，今上黄河船。

浮生载白日，浊流泛青天。

壮心亦已矣，感慨终徒然。

何如乘槎客，往来云汉边？

从汜水入荥阳 ①

遥从汜水吊诸王，觑殒碑残压草黄。

小雀啄来酸枣细，游蜂飞去野葵香。

群山叠翠开秋爽，乱叶斜红动夕凉。

行去一沟骑马路，平桥粉堞见荥阳。

注　释：

① 原诗注：一路为周王墓道。

雒河

虎牢西去雒河东，河外青山万叠中。

南岸水低深见日，北濒沙豁远闻风。

鸦翻野渡秋杨白，马踏长堤柿叶红。

浪起浊流偏有力，一舟安稳驾渔翁。

登新安城

草没女墙平，登临客有情。

函关穿古道，涧水抱孤城。

独鸟分林影，寒虫近雨声。

四围山欲暮，烟火几家明。

晓发崤陵

匹马开残月，摇鞭出汉关。

鸡声溪水上，人影塞云间。

红日千重树，青天一片山。

崤陵万古道，谁作几回还。

猗氏留别荆景明

昨日同为大梁客，秋来瑟瑟悲行役。

今日君归作主人，风沙拂拭衣裳新。

马前呼儿打脆枣，为我携尊入城早。

自言红颜少年日，坐无歌儿不肯出。

即今忽忽过六旬，岂可当歌无丽人？

美人唱曲多离别，与君一别成永诀。

君惜残年不出门，我亦何能复远涉。

路村次韵别林万叶

西风八月古郇城，白雁黄花万里情。

不是乡人知别苦，马头谁作踏歌声？

十年空说五陵豪，此日依然对短袍。

尊酒欲寻梁苑醉，片云先过太行高。

东邬岭

野店一二家，鸡声失寝所。

仆夫催早发，出门乏徒侣。

村牛上山田，杳杳闻人语。

残星没溪流，寒风起禾黍。

红霞散余光，片云洒秋雨。

牵驴过岭头，喘息气不举。

坐看山鸟闲，十年悔行旅。

过兴济废城 ①

舟子苦逆流，孤帆住亦早。

我意喜登临，值此风日好。

夕阳下空城，开门见青草。

归鸟自飞鸣，无从问遗老。

一吊张将军，兴亡迹如扫。

注 释：

① 原诗注：古范阳，明将军张鸾之故里。

开河夜泊歌

开河岸北半客舟，开河岸南半漕艘。

开河岸西半村店，开河岸东半垂柳。

垂柳阴阴多捕鱼，村店家家多买酒。

客舟住橹泊河干，漕艘亭帆抵闸口。

闸板沉河夜不起，舟中人多上街走。

斜阳欲没纷下船，买鱼沽酒临风前。

谁家女儿畜鹦鹉，日暮红衫舱口边。

河上遥遥不相避，弄鸟看人殊可怜。

我欲高歌奏流水，知音人隔烟波里。

天涯一夜结比邻，明日分飞各彼此。

吴门寓楼听雨

喧声不入雨，听到雨声幽。

独有笙歌远，随风过虎邱。

冒雨游虎邱

七年不到虎邱来，山寺重登说法台。

密树暗通幽径远，小桥低度一僧回。

酒船载雨笙歌冷，花阁笼烟乌鹊哀。

草没吴宫春又去，千人石上独徘徊。

乌江遥吊项王庙

项羽乌江庙自尊，偶过风雨吊黄昏。

鸿门醉失东归后，社酒年年荐一村。

小钟山

晓来洗眼望天晴，一片秋光在县城。

水上鸟飞清浊影，山边人听有无声。

三吴地坼归帆远，全楚天连落照明。

闻说双钟多考击，我从何处辨噌吰？

八里江阁望湖口城，忽有一过庐山之兴 [1]

秋水连江分异县，长天隔岸见孤城。

楼台夜雨千家歇，山郭晴烟一带明。

若有若无帆自远，如来如去鸟相迎。

乘风得入鄱阳口，直到匡庐顶上行。

注 释：

[1] 原诗注：八里江属德化县，与湖口只隔一江。

呈黎博庵先生 [1]

品目于今孰可传？远人特买豫章船。

才轻东越诗千首，名重南昌序一篇。

帝子风华高阁外，先生德望大江边。

不愁夜出波涛险，乞得文归自洒然。

注　释：

① 原诗注：陆初曙刻其祖敬身先生遗集，托余乞序。

野泊

连日风兼雨，潇潇晚未晴。

孤舟何处泊，野地不知名。

暗草江无色，荒林岸有声。

半年归未得，倍切远来情。

晓过樟树镇

春树添多少，长天一望宽。

板桥低岸没，茅屋大江残。

燕羽村烟重，鸡声夜雨寒。

野花开自落，不忍放舟看。

良口舟夜

亦有人家在，孤村夜寂然。

舟停两岸月，枕傍一江烟。

独鸟啼杉岭，群蛙乱麦田。

客心愁不寐，未识几更天。

出门

又拟经年别，谆谆话出门。

城边才落日，江上已黄昏。

载客新舟楫，还家旧梦魂。

夜潮迟未得，数里宿前村。

赠别许寺湛明和尚

片石寻玄度，疏林叩远公。

闲房秋草碧，香案雨花红。

灯影寒生月，茶声细引风。

何时方丈晚，还过听鸣蛩。

桐君山 ①

便识高人姓，谁知隐士名？

漫将垂钓叟，共拟指桐生。

山寺藏云古，江帆走月明。

客中闲唤渡，何处鹧鸪鸣?

注 释：

① 原诗注：桐君，隐士也，问者指桐树而答之，故名桐
君山，在桐庐县。

缙云

县接桃花岭上关，乱流冲渡响潺潺。

溪田屈曲俱依水，城屋高低半在山。

过客偶停深巷静，邻僧时见短墙间。

夜来听说仙都好，何日相从一往还?

聊城晓发

连日呼灯话整鞭，朦胧策马出河边。

一村人语初开市，两岸鸡声半在船。

何处残碑青草露，谁家古墓白杨烟。

微躯莫厌披裘重，不似江南四月天。

重过挂剑峰

不因季子曾留剑，谁识徐君尚有坟。

小艇重经河上泊，低空惟见往来云。

友人庭梅盛开，索其一枝不得，连日风雨，诗以问之

金缕曾歌空折枝，连朝风雨漫吟诗。

听来黄鹤楼中笛，不是江城五月时。

初霁李向薇见过

连朝雨气压檐低，谁带晴光过杖藜。

鸟为闰年春未半，也还不肯尽情啼。

千亿山房夜坐，次胡鹿亭韵

空堂竹密草丛生，入夜惟闻豹脚鸣。

水隔溪桥风击柝，山围村径鸟司更。

一痕残月随云没，数点疏星带雨明。

为忆向年留信宿，故人灯影近秋声。

江干雪望

夜失浮梁怕入城，一船风急渡头横。

江连盆浦蛟龙伏，庙近睢阳鼠雀惊。①

万瓦白堆春雪薄，半樯青过午烟明。

莫伤老眼生花久，犹待斜阳照晚晴。

注 释：

① 原诗注：庙在江干。

移归旧居二首

参政门庭异昔时，小江高柳不堪思。①

烝尝得奉先人宅，伏腊重亲孝子祠。②

声度竹来风有韵，影移花去月先知。

独寻双树怜栖鸟，久失归飞绕一枝。③

风为四壁月为门，篱落虚阑枯树根。

过客有时停杖履，居人随意放鸡豚。

颓垣易见蓬蒿长，荒径难言松菊存。

留得半间残屋在，归来一任雨翻盆。

注　释：

① 原诗注：旧居得之参政张白斋先生后人。"小江高柳"，
是吾家先生诗也。

② 原诗注：予向居董征君祠下。

③ 原诗注：旧有桐、桂二树，高可插天。

书李杲堂诗钞后

草堂相守廿年情，枯竹灯边老药铛。

此去不知谁作伴，空留二友哭先生。①

注　释：

① 原诗注："我有一寒友，黯黯枯竹灯。我有一苦友，黑
黑老药铛。相守二十年，敢怨不敢憎。"杲堂诗也。

雨后贺祠①观灯

江干灯火照村幽，秘监祠前春水流。

夜影暗移月未上，歌声遥度雨初收。

金钗笑坠无红袖，藜杖行吟有白头。

城角忽催人去尽，霓裳谁奏广陵游？

注　释：

① 贺祠：位于月湖柳汀，为纪念唐代大诗人贺知章而建。

宋绍兴十四年（1144），郡守莫将辟"逸老堂"祀贺知章与李白，后专祀贺知章。

次韵答全声远

欲奏新声下指寒，知音人又隔江干。[①]

诗吟野况孤村晚，梦引幽情小阁安。

种得青蒿多夜雨，剪将黄韭足春盘。

不嫌荒径能乘兴，还有残梅好共看。

注　释：

① 原诗注：声远知琴，时下帷在江干。

题半闲堂传奇后

当年丞相拥红妆，葛岭风高夜气凉。

湖上至今鸣蟋蟀，秋声不到半闲堂。

舟发

久不干时贵，家贫亦自如。

故人青眼在，游子白头余。

渡岂无舟楫？书曾有雁鱼。

独愁行未得，行矣莫踌躇。

夜过塘栖 [1]

不道塘栖夜，初回梦已过。

舟中无客语，橹外有人歌。

越鸟离家远，吴鸡到枕多。

山僧书未达，虚此意如何？

注 释：

[1] 原诗注：印千上人有书托寄，不果。

赠别王辅明

最是难忘者，如君意气真。

客知行路险，话到故乡亲。

别酒倾残夜，行歌惜暮春。

桃花潭水意，何以报汪伦。

吴门返棹有怀旧游

岂无念宿好，只有感恩私。

太白楼中酒，少陵台上诗。

壮游曾若此，老去便如斯。

载得姑苏月，随风任所之。

重登弄珠楼有感 [①]

三十年来忆旧游，随人还上弄珠楼。

满湖积水千家绕，乱艇斜阳九派浮。

曾与羊、何同唱和，空传嵇、阮独夷犹。

看来徒使青山笑，昔日红颜今白头。

注 释：

① 原诗注：楼在当湖，湖分九港，楼居其中。

园亭晓望

晓入园亭暑渐忘，风来便觉带秋凉。

月痕已淡花无影，露气还浓叶有光。

梦断白云关塞远，诗吟红日海门长。

参差数过高飞鹭，疑是湘江到雁行。

杂感七首

老来不得意，感慨思旧游。

曳裾入王门，倾盖交列侯。

东阁任开闭，郎君曾报投。

片言不相合，寸心还自由。

韶华若流波，须臾三十秋。

贵人递零落，骨已归山丘。

谁能长少壮，我亦早白头。

贫贱所固有，人生等蜉蝣。

我昔游解梁，有友赋家居。

桃花流洞口，留我山中庐。

一别逾廿载，无从通雁鱼。

邻封近潮汐，使君忽下车。

人情疑久别，欲问还踌躇。

故人殊未忘，中怀见素书。

独惭闵仲叔，口腹累乡闾。

今乃梦漆园，使人长唏嘘。

几载结邻舍，一日苦播迁。

强颜对邱嫂，旧居分数椽。

南鸟不离越，北马还向燕。

万物各有性，故土欣自然。

爱此一间屋，向有数竿竹。

如我东坡言，令人亦不俗。

三径虽已荒，仍可栽花木。

分植无几时，春葩烂盈目。

所恨陶渊明，无钱对秋菊。

羞言屋内园，四围失墙堵。

行人久往还，一时不得阻。

灌溉欣及时，盘蔬亦足取。

摘瓜常满筐，煮茄必盈釜。

饱食春夏间，留客日亭午。

三秋忽暵干，涉冬尚无雨。

抱瓮有几何？到根无湿土。

连夜喜雨通，叶尖始见吐。

为我语樊须，学圃良亦苦。

嫁女卖其犬，不识买者谁？

固知不论值，终何足归资？

有女赋摽梅，出门当及时。

萧然一无办，使来将何为？

回头视黄犬，毛落瘦不支。

饥驱不我去，卖之良可悲。

倘更无买者，徒为众所嗤。

向闻马少游，典衣非为酒。

岂不爱杯中？举家食粥久。

近从一盂粥，欲以度老朽。

市米无定价，得免饿时否？

齐饥有黔敖，为粥于路口。

乃有一饿者，奉之情独厚。

惟不食嗟来，虚此左右手。

谢而终不食，饿死复谁咎？

黔敖今不在，斯人亦希有。

可食与可去，参也漫分剖。

白头翁

阶前扶杖看花人，尽日行吟不厌频。

怪尔头先如我白，也随好鸟学寻春。

无米

休说三朝寒食天，谁家炉火不烹鲜。

夜来我独愁无米，不是清明欲禁烟。

于石上人伏翠山房次韵

千涧流泉响夕阳，隔开尘土软红香。

双扉半掩空山里，一径斜通古寺傍。

人静不知花落久，身闲翻觉鸟啼忙。

杖藜稍待春风暖，来看溪南柳色黄。

舟过姚江限腔字

一潮相送到姚江，篷掩黄梅雨半窗。

新旧城分鸦噪晚，东西岸隔燕飞双。

自饶野兴诗能遣，即有闲愁酒易降。

拟吊严陵寻古墓，牧童吹过笛无腔。

渡钱塘限风字

天分吴越半浮空，两岸沙沉新涨中。[①]

钱弩似输昔日勇，胥涛独逞此时雄。

帆开水面初收雨，鸟避江心乍起风。

千古行人看匹练，老夫过尽夕阳红。

注　释：

① 原诗注：大雨新涨，江流直入西兴道口。

拜于忠肃公墓限虚字

满湖水绕墓门纡，似接江涛对子胥。

黄口亦知瞻少保，白头那得拜尚书。

镯镂一日恩难假，俎豆千年报不虚。

抔土即今存胜国，漫将往事问樵渔。

吴山晚眺限曛字

吴山高出女墙云，第一峰前望不群。

树掩楼台千巷隐，城环烟火万家分。

马如嘶过钱镠渡，鹤似飞来和靖坟。

每向江湖追往事，可胜惆怅立斜曛。

西兴夜发限归字

河桥红渐失斜晖，两岸阴浓绿树围。

不是经旬雨共出，那能连夜月同归。

谁家黄犊依人返，何处乌鸦失队飞？

多少暗中行过路，远随渔火认依稀。

从越城至曹娥江限郊字

不独无心作解嘲，似于诗亦懒推敲。

城穿十里波光合，野豁千重树色交。

青绕暮烟人问渡，红收落日鸟争巢。

多年不到曹娥墓，草没残碑暗越郊。

同舟话别限醪字

片帆风不阻江涛，瞬息归人兴转豪。

夜月方沉稠岭阔①，晓云已过赭山高②。

诸公家近湖头柳③，野老门临渡口桃④。

话别何妨还一醉，尊中剩有未倾醪。

注　释：

① 原诗注：稠岭，为鄞、慈两县之界。
② 原诗注：赭山属慈。
③ 原诗注：日湖有柳汀，诸公家于此。
④ 原诗注：余家桃花渡口相对。

送黄又堂试北雍

世间惟有老可怜，可怜十步九不前。

有花还欲醉几度，奈无沽酒钱十千。

看来自觉少颜色，何怪人情多弃捐。

羡君翩翩正年少，不逐人矜狐白鲜。

闭门读书破万卷，时惊笔下生云烟。

迩来结交信知己，尊前笑语皆英贤。

似我萧条何足语，握手一笑偏欢然。

幽斋曲径绕花木，香生一榻常高悬。

明日抱琴来有意，渊明亦取声在弦。

岁歉知我盎无粟，天寒知我衣无棉。

感恩那在日推解，一念已胜胶漆坚。

今日送君欲何去，远渡黄河北入燕。

明年此际春风暖，马蹄催疾珊瑚鞭。

我乃长安旧游客，郎君东阁曾题笺。

即今尚有一二存，敢说交情如昔年。

借君好向故人语，柴门日暮临江边。

数茎白发身便老，一逢醉后语尚颠。

几欲随人上京阙，来与司业问酒钱，

与君话别重流连。①

注　释：

① 原诗注：鹿亭入都，拟有附舟之兴。

江干竹枝词

日日江头到两潮，今年潮大上浮桥。

秋来涌入城门口，咫尺行人隔路遥。

家家争打出洋船，从此关开好趁钱。

三水黄鱼无客买，满街行贩卖冰鲜。

布谷催耕乐有年，瓦盆盛酒醉来眠。

忽思海上拿鱼去，多少农夫不种田。

捉鱼反被海鱼吞，多少妻儿哭倚门。

望到兰盆开胜会，候涛山上共招魂。

挝鼓鸣锣何处船，闽人供奉水中仙。

向从海外酬香愿，三日高台唱目连。

渔鼓无劳唱道情，琵琶琥珀配银筝。

边关调急相思板，出海时闻出塞声。

不怕今年利息微，满船洋货去如飞。

大唐街上多春色，赢得相思载月归。

桃花渡口有青楼，红粉新来是越州。

厌杀开帘迎一笑，却逢太守欠风流。①

香客船多放进关，夜来归自洛伽山②。

可怜五圣风帆小，一去经年不见还。

天妃宫里鼓声多，时见游人逐队过。

试问黄姑和谢女，春风秋月恨如何？

注 释：

① 原诗注：郡公私行，逐之出境。

② 洛伽山：即珞珈山。

立夏后一日，同友人醉后访杨祁收，得城字

不觉行来已入城，二三老友递相迎。

春风冷为今年闰，夏雨初从昨夜晴。

隔岸谁家花未落？临桥一店酒知名。

醉余共过扬雄宅，旧与侯芭独有情。

戊辰元旦次韵

老人无睡望天明，留得黄鸡报五更。

连岁雪兼除夕雨，今年春接去冬晴。

参差一树梅花影，远近千家爆竹声。

红日门开双鹊喜，东风早已到江城。

春日感怀

弹指明年已七旬，风光消受几回春。

出门曾作淮阴客，归老空惭胯下人。

闻说林鹃声可听，漫嗔路犬吠无因。

独怜江上谁吹笛，不管梅花落水滨。

春容无改是青山，人为吟诗发早斑。

旧刻蹉跎谁与订，新编方便莫须删。

已闻百啭黄鹂巧，未见双飞紫燕顽。

几欲寻僧闲半日，其如僧却不曾闲。

村巷幽居敛夕霏，贫家篱落不成扉。

衰年貌自同梅瘦，无病身还比鹤肥。

过去且拖原宪屦，饥来仍典少游衣。

春光那得流连久，便见杨花作絮飞。

门临碧水接东湖，叩友曾闻一叶呼。

饭足田家催布谷，酒香村店劝提壶。

菜花浓渐飞蝴蝶，莎草肥多下鹁鸪。

最喜春来无积雨，短筇长得踏青芜。

徒从贫贱说鸡坛，富贵相逢下马难。

万里交游空海内，十年归梦老江干。

竟无雪压梅增白，尚有霜侵柳怕寒。

添得半间茅屋小，客来莫厌腐儒餐。

海外双凫去不停，匆匆犹及问伶仃。

缘知宰相头还黑，为忆吾侪眼尚青。

误曲向曾推顾曲，酒瓶今岂作花瓶？

天涯留得浮名在，莫叹吾生类梗萍。

二月望前大雪，望后大雨，次韵

雪花一夜扑窗前，晓起寒威入两肩。

自惜衰年须向火，谁怜弱骨劝加棉？

临江犹有三间屋，负郭全无半亩田。

所喜老还双足健，晴诗闲步雨时眠。

江上柴门向晓开，空阶一望绝纤埃。

东风二月多青草，夜雪三更失绿苔。

厌自春分前见雨，幸从惊蛰后闻雷。

无端争逐梅花落，又费天公细剪裁。

——以上辑自（清）全祖望《续甬上耆旧诗》卷
七十二"诸遗民之二"，东皋唱和诸子之一包隐君燮
九十四首《夕斋草》选

次许良竹坞待月

山阳区沃壤，满地青琅玕。

雅与淇园近，欣从别墅看。

萧疏宜傍水，深翠欲生寒。

月上浮香露，幽人意未阑。

——辑自《博爱县志》，中国国际广播出版社 1994

年版，第 825 页

卜算子

不是喜春来，即是愁春去。初学留春倚画屏，

或者留春住。

也道懒妆新，又道浓妆丽。几度催妆启翠奁，

那是妆成处。

——辑自林葆恒辑、张璋整理《词综补遗》卷三十

三、历代云石故事、哑女传说

戒香十方寺

子城西南二里半，旧号白檀寺。唐大中元年建，皇朝大中祥符元年赐今额。 嘉定十三年火，重建。

——（宋）胡榘修，（宋）方万里、（宋）罗浚纂《（宝庆）四明志》卷第十一"尼院"五

哑女古佛

（天圣二年）四明名儒卫开游学至洛阳，遇道人李士宁于逆旅，谓开曰："君乡城戒香有哑女者，过去维卫佛也。若归，可往礼拜。"问其状，则曰："缩臂扫地者是也。"开既归，亟往寺访之。一老尼曰："圣姑坐化年余矣。"因示以画像，灶香作礼，自以不睹尊容，为之愧恨。明年过钱唐，客书吏陈式家。忽见小儿十数拥一尼童入门，哗传云："哑

女！哑女！"开方惊顾，遽索纸，书偈曰："大地山河是阿谁？了无一法可思惟。夜来处处鸣钟鼓，敲破髑髅人不知。"复于偈后书"无去来"。开前礼足，略述戒香得瞻遗像之意。复书偈云："须弥山上摆铎，大洋海底摇铃。若问哑女姓字，只此便是真名。"出门竟去。追问小儿："哑女何人？"儿曰："维卫佛也。"问儿何人？曰："问取哑女。"忽俱不见。

——（宋）释志磐《佛祖统纪》卷四十五《法运通塞志》

戒香十方寺

在西南隅。唐大中元年建，旧号白檀寺。宋大中祥符元年赐额。嘉定十三年火，重建。皇朝至元二十六年、至大二年，两经火，未复旧规。

——（元）马泽修，（元）袁桷纂《（延祐）四明志》卷第十六"尼寺"

戒香尼寺

县西南三里竹湖坊。唐大中元年建，旧名白檀寺。宋大中祥符元年赐今额。嘉定十三年毁，重建。元至元二十六年、至大二年，两经毁。皇庆元年重建。

宋熙宁间，有哑女，乃维卫佛示身，见有铜像。寺累经火，而铜像不废。大明天顺八年，道人李存诚重修佛殿及建山门。

——（明）杨寔纂《宁波郡志》卷九《寺观考》

哑女

哑女者，莫详其氏族，亦不知何许人。熙宁中，见于鄞之戒香寺，婉娈丱角，年若及笄。喑不能言，惟日持帚，垂臂跣足。晨粥午饭，每拾菜滓馂余啖，人以为颠狓。历人家，预知吉凶，以为欣戚。里士周锷学举子业，屡至其家。锷知其非常，至则必延以蔬饭。一日未及食，忽起书偈于壁曰：

"三界火宅，众苦俱备。报汝诸人，早求出离。"后又造锷，值锷趣装将应举，女笑不止。锷疑焉，再三叩之，遂索笔作长短句云："风波未息，虚名浮利终无益。不如早去陪蓑笠，高卧烟霞，千古企难及。 君今既已装行色，定应雁塔题名籍。他年若到南雄驿，玉石休分，徒累卞和泣。"锷袭而藏之。一日，露卧镇明岭下，或诃以不检，遽起归寺，长吁坐逝。时三月三日也。锷为具棺椟瘗之柳亭。后锷见女于京师，追问之不就。归发其瘗，则空棺也。后锷果如南雄，以言边事忤时相，入党籍。

卫开客洛阳，遇李士宁曰："公乡里哑女者，过去维卫也，子可归礼之。"比归，已化。开以不及见其生为恨。明年游钱塘，寓书吏陈式家，见群儿数十，执幡盖，拥一尼童入门，哗传曰："哑，哑，哑。"开惊顾，女索纸笔书偈云："大地山河是阿谁？了无一法可思惟。夜来处处鸣钟鼓，敲破髑髅人不知。"又云："须弥山上摆铎，大洋海底摇铃。若问哑女姓字，只此便是真名。"掷笔径去。开复追问小儿："哑女何人？"曰："维卫佛也。"又问："儿等何人？"曰："问取哑女。"忽俱不见。

——（明）周希哲修，（明）张时彻纂《（嘉靖）宁波府志》卷四十二《传》十八《仙释》

戒香寺

县治西南二里半，竹湖坊，旧号白檀寺。唐大中元年建，宋大中祥符年赐"戒香"额。寺有维卫佛铜像，嘉定十三年毁，重建。至大二年，后至元元年，两毁。皇明天顺八年，李存诚重修。弘治十三年，以宝云寺移建其址。见《县学考》。

《哑女传》云：

哑女者，世莫详其氏族，然亦不知何许人也。宋熙宁中，见于明州之戒香寺。年可十七八，状婨嫠，口吻流涎液，作伊吾声，似不能言者。双鬟垂耳后，身服粗布，未尝带。曳手跣足，行市井间。所至见惨容，则其家有凶祸；见喜色，则其家有福祥。人得候之，为趋避计，皆效。

寺于时俗以白檀戒香名之。女于常住无他役，惟日持帚遍扫寺地而已。晨粥午饭，则取其余残，随多寡杂羹菜，食之而去。所游无常处，或微察其往，则见其没于寺之殿后云。

中大夫周公锷方读书治举子业，屡至其家，虽默讷，犹能诗。公叹其非常，至必延以素馔。有老尼，年八十余，尝与女赴斋。公家未及食，忽起书偈于壁曰："三界火宅，众苦俱备。报汝诸人，早求出离。"掷笔不食去。老尼因谓公曰："昔偶于天台识之，天台之人已传其为维卫佛矣。抵今且四十年，而颜貌不少变，可怪也。"一日，造公家。公方趣装，将应举京师。女辄大笑不止。公疑焉，再三问所以然。遂索纸笔作长短句饯行，云："风波未息，虚名浮利终无益。不如早去寻蓑笠，高卧烟霞，千古企难及。君今既已装行色，定应雁塔题名籍。他年若到南雄驿，玉石休分，徒累卞和泣。"公得而袭藏之惟谨。寻露卧镇明岭下，或诃以不检，遽起归寺，长吁而逝。时三月三日也。公为具棺椁，瘗之柳亭。公后见之京师，惊问曰："汝哑女耶?"挥手不答,骤步去。逮公归乡而发其瘗,则空棺存焉。旧有诗百余篇,其指趣、兴寄大略似寒山子,而谶记之语往往尤应。

乡士卫开,邂逅一道人于洛阳旅邸,曰李士宁。谓开曰:"君乡里戒香寺哑女者,过去维卫佛也。若归,可往礼拜。"问其状,曰:"缩臂扫地者是也。"归而访之戒香。一尼曰:"圣姑坐化年余矣。"示其画像,如士宁指。炷香作礼,以不及见其生为恨。明年过钱塘,寓书吏陈式家,见小儿数十,拥一尼童入门,哗传曰"哑女哑女"。开惊顾,女索纸笔,留偈曰:"大地山河是阿谁?了无一法可思惟。夜来处处鸣钟鼓,敲破髑髅人不知。"复于偈后书"无去来"三字。开于是趋前再拜,述戒香获睹遗像之意。乃复书曰:"须弥山上摆铎,大洋海底摇铃。若问哑女姓字,只此便是真名。"出门径去。开复追问小儿:"哑女何人?"曰:"维卫佛也。"又问:"儿等何人?"曰:"问取哑女。"忽俱不见。

吾乡古号"三佛地","三佛"者,育王之释迦舍利、岳林之布袋弥勒、补陀之观音也。或谓补陀菩萨耳，既以为佛，似不类。顾岂戒香之哑女欤？哑女，维卫佛也。以之而三，孰曰不可？然考之郡乘诸书，无所著见。虽尝于大石盘公《统纪》中略言之，而未甚悉。故论者犹断简，然莫之定。

无著上人无染，世居鄞，其族氏实邻戒香。儿时嬉戏，一老尼出此传，使习读而录得之。戒香既再毁，染亦出家，从师别源公于永嘉之寿昌。因燕语及乡里事，念欲举之以对而遗忘，殆不能启口，乃复归而求之故箧中，幸无恙。是非神物所呵护哉！

至正丙申冬，予获专一榻玉几之东庵。染方养道普同塔下，予每造之，则出以见示，且俾刊正其词。复将图像于其上，以勒之石，为戒香常住，庶几与染护法之意同一不朽也。

明年丁酉（1357）春，本尊涅槃日，四明无梦比丘悬噩焚香拜书。至正丁酉十一月吉，住持良玉等立石。

《铜像缘记》：

戒香寺铜佛像者，不知何代有也。惟本寺老尼法智传言，此像乃先师历代供奉。祖述遗语：昔有一人，率五百余人迎置寺，云："某是广东人，举家茹素事佛。一日天将晚，忽有总角女子负铜一包到家，言：'铸铜佛一尊，貌欲似我，送去浙东明州府戒香寺供养。'言讫而去。家人闻是铸佛，净铜乃置于堂中桌上。次晚，但见此铜化作佛像在桌，貌似寄铜女子无异。因觉是佛神力，自行现化。于是如其言，载至黑水洋。值天阴雾，风涛汹涌，舟楫失次。众人惊惧，遽祷像曰：'是佛耶？是魔耶？是佛耶，扶助我等护送至彼；是魔耶，同尔漂淹。'祷毕，天开雾卷，浪息风恬，顺帆直入定海港内。询送至此，即考钟伐鼓，奉延瞻礼，颜貌俨似向日本寺哑女也。"信知是维卫佛自行设化无疑矣。

其哑女事迹，载《四明志》及本传、旧碑刻详矣。奈何自宋以来，经毁者凡四，唯有铜像于煨烬中不坏。呜呼！佛德有如是者，岂虚谬哉！兹因里人陈以通等来言戒香寺维卫佛铜像之出处，恐愈久而失其真，故述其概，书之传后云。

明宣德四年己酉岁（1429）三月三日，宝云讲寺住山法弘撰。

——（明）高宇泰撰《敬止录》卷二十六《寺观考》一"尼寺"

戒香庵

县治东南，旧为尼寺，在竹湖坊。唐大中间建，名白檀。宋大中祥符元年赐戒香寺额。熙宁间，有维卫佛现哑女身而为说法。后废。明弘治间，徙建宝云寺于其址，超灵修复，以存旧迹。

——（清）汪源泽修，（清）闻性道纂《（康熙）鄞县志》卷二十二《佛庵》附纪

哑女

哑女，莫详其姓氏。宋熙宁中，见于明州之戒香寺。年可十七八，状媸愳，双鬟垂耳后，口流涎液，声作伊吾。披衣未尝带，曳手跣足。尝行市井

间，所至，以容之喜惨定凶吉，多验。在寺惟持帚扫地而已，粥饭则取其余残羹涪菜滓，食之而去。

中大夫周锷居月湖西，方治举子业，屡至其家。虽默讷，犹能诗，锷必延以素馔。尝有耄老尼偕赴。一日未及食，忽起书偈于壁曰："三界火宅，众苦俱备。报汝诸人，早求出离。"掷笔不食而去。耄尼谓锷曰："昔偶遇于天台，已传其为维卫佛。抵今且四十年，而颜貌不少变，可怪也。"一日，造锷家。方治装应举，女大笑不止。锷疑而问之，索纸笔作长短句饯行云："风波未息，虚名浮利终无益。不如早去陪蓑笠，高卧烟霞，千古企难及。君今既已装行色，定应雁塔题名籍。他年若到南雄驿，玉石休分，徒累卞和泣。"锷袭藏惟谨。女寻露卧镇明岭下，或诃以不检，遽起归寺，长吁而逝。锷为殓瘗柳亭。后见之京师，惊问曰："汝哑女也？"女挥手不答，骤步去。迨锷归乡发瘗，则空棺焉。锷后果如南雄，以言边事忤时相，入党籍。女旧有诗百余篇，略似寒山子，久而失传。

乡士卫开于洛阳旅邸逅一道人，曰李士宁，谓开曰："吾乡里戒香寺哑女者，过去维卫佛也，可往礼拜。"归而访之，已坐化余年矣。乃拜其遗像，明年过钱唐，寓书吏陈式家，见小儿数十，拥一尼童入门，哗传曰"哑女哑女"。开惊顾，女索纸笔，留偈曰："大地山河是阿谁？了无一法可思惟。夜来处处鸣钟鼓，敲破髑髅人不知。"复于偈后书"无去来"三字。开趋前再拜，述戒香获睹遗像之意。乃复书云："须弥山下摆铧，大洋海底摇铃。若问哑女姓氏，只此便是真名。"出门竟去。开复追问小儿："哑女何人？"曰："维卫佛也。"又问："儿等何人？"曰："问取哑女。"忽俱不见。

四明古号"三佛地"，以阿育王之释迦舍利、戒香之哑女维卫、岳林之布袋弥勒也。

——（清）汪源泽修，（清）闻性道纂《（康熙）鄞县志》卷二十二《释氏》

哑女

哑女者，莫详其姓氏，亦不知何许人。熙宁中，见于鄞之戒香寺，婉娈丱角，年若及笄。暗不能言，惟日持帚，垂臂跣足。晨粥午饭，每拾芥滓餲余啖，人以为颠欤。历人家，预知吉凶，以为欣戚。里士周锷学举子业，屡至其家。锷知其非常，至则必延以蔬饭。一日忽起，书偈于壁曰："三界火地，众苦俱备。报汝诸人，早求出离。"后又造锷，值锷趣装将赴举，女笑不止。锷叩之，遂索笔作长短句云："风波未息，虚名浮利终无益。不如早去陪蓑笠，高卧烟霞，千古企难及。君今既已装行色，定应雁塔题名籍。他年若到南雄驿，玉石休分，徒累卞和泣。"锷袭而藏之。一日，露卧镇明岭下，或诃以不检，遽起归寺，长吁坐逝。时三月三日也。锷为具棺槜瘗之柳亭。后锷见女于京师，追问之不就。归发其瘗，则空棺也。后锷果如南雄，以言边事忤时相，入党籍。

卫开客洛阳，遇李士宁曰："公乡里哑女者，过去维卫也，子可归礼之。"比归，已化。开以不及见为恨。明年游钱塘，寓书吏陈式家，见群儿数十，执幡盖，拥一尼童入门，哗传曰："哑，哑，哑。"开惊顾，女索纸笔书偈云："大地山河是阿谁？了无一法可思惟。夜来处处鸣钟鼓，敲破髑髅人不知。"又云："须弥山上摆铎，大洋海底摇铃。若问哑女姓字，只此便是真名。"出门径去。开复追问小儿："哑女何人？"曰："维卫佛也。"又问："儿等何人？"曰："问取哑女。"忽俱不见。

——（清）李廷机修，（清）左臣黄、（清）姚宗京纂《（康熙）宁波府志》卷三十三《仙释》

哑女

哑女，莫详其姓氏，亦不知何许人。宋熙宁中见之鄞之戒香寺，婉娈丱角，年若及笄。喑不能言，惟日持帚，垂臂跣足。晨粥午饭，每拾芥滓餲余啖，人以为颠騃。历人家，预知吉凶，以为欣戚。屡至里士周锷家。一日值锷趣装将赴举，女笑不止。锷叩之，遂索笔作长短句云："风波未息，浮名虚利终无益。不如早去陪蓑笠，高卧烟霞，千古企难及。　君今既已装行色，定应雁塔题名籍。他年若到南雄驿，玉石休分，徒累卞和泣。"锷袭而藏之。一日，露卧镇明岭下，或诃以不检，遽起归寺，长吁坐逝。锷为具棺椁瘗之柳亭。锷复见女于京师，追问之不就。归发其瘗，则空棺也。后锷果如南雄，以言边事忤时相，入党籍。

卫开客洛阳，遇李士宁曰："公乡里哑女者，过去维卫也，子可归礼之。"比归，已化。明年游钱塘，寓书吏陈式家，见群儿数十，执幡盖，拥一尼童入门，哗传曰："哑，哑，哑。"开惊顾，女辄书偈，掷笔径去。开复追问小儿："哑女何人？"曰："维卫佛也。"又问："儿等何人？"曰："问取哑女。"忽俱不见。

——（清）曹秉仁修，（清）万经等纂《（雍正）宁波府志》卷三十二《仙释》

哑女

哑女，莫详其氏族。熙宁中见于明州之戒香寺，状媸惷，身服疏布，曳手跣足，行市井间。所至以容之喜惨定吉凶，多验。在寺惟持帚扫地而已。中大夫周锷方治举子业，屡至其家。一日趣装应举，女大笑，作长短句饯行云："风波未息，虚名浮利终无益。不如早去陪蓑笠，高卧烟霞，千古企难及。 君今既已装行色，定应雁塔题名籍。他年若到南雄驿，玉石休分，徒累卜和泣。"锷袭而藏之。寻归寺，长吁而逝，锷为具棺，瘗之柳亭。后见之京师，惊问曰："汝哑女耶？"挥手不答，骤步去。后果知南雄，以言边事忤时相，入党籍。

乡士卫开邂逅一道人于洛阳，谓开曰："公乡哑女者，维卫佛也，若归，可往礼拜。"比归，访之戒香，已化矣，以不及见为恨。明年过钱塘，见小儿数十，拥一尼童入门，哗然曰："哑哑哑。"开惊顾，女索纸笔书曰："须弥山上摆铎，大洋海底摇铃。若问哑女姓字，即此便是真名。"出门径去。

开追问小儿，忽俱不见。(《戒香寺哑女传》)

案，四明古号"三佛地"，以阿育王之释迦舍利、戒香寺之哑女、岳林之布袋弥勒也。

——（清）钱维乔纂修《(乾隆）鄞县志》卷二十《仙释》

戒香庵

在县治东南三里竹湖坊，旧名白檀寺。唐大中元年建。宋大中祥符元年赐额。熙宁间，有哑女，乃维卫佛现身，铸铜像事之。明初寺废。弘治间，徙建宝云寺于其址，仍结庵以存旧迹。(闻志)

——（清）钱维乔纂修《(乾隆）鄞县志》卷二十五《寺观》

哑女

哑女，莫详其氏族。熙宁中见于明州之戒香寺，状媸赣，身服疏布，曳手跣足，行市井间。所至以容之喜惨定吉凶，多验。在寺惟持帚扫地而已。中大夫周锷方治举子业，屡至其家。一日趣装应举，女大笑，作长短句饯行云："风波未息，虚名浮利终无益。不如早去陪蓑笠，高卧烟霞，千古企难及。君今既已装行色，定应雁塔题名籍。他年若到南雄驿，玉石休分，徒累卞和泣。"锷袭而藏之。寻归寺，长吁而逝，锷为具棺，瘗之柳亭。后见之京师，惊问曰："汝哑女耶？"挥手不答，骤步去。后果知南雄，以言边事忤时相，入党籍。

乡士卫开邂逅一道人于洛阳，谓开曰："公乡哑女者，维卫佛也，若归，可往礼拜。"比归，访之戒香，已化矣，以不及见为恨。明年过钱塘，见小儿数十，拥一尼童入门，哗然曰："哑哑哑。"开惊顾，女索纸笔书曰："须弥山上摆铎，大洋海底摇铃。若问哑女姓字，即此便是真名。"出门径去。开追问小儿，忽俱不见。(《戒香寺哑女传》)

——（清）戴枚等纂修《（同治）鄞县志》卷五十一《仙释传》

定香庵

县治西南一里，古白檀寺之旁，岁久圮。国朝顺治十年，即旧址更新之。乾隆四十六年重修。道光十年又修。

国朝邵陆撰《重建记》：今定香庵昔戒香尼寺也，其地广，其名古。宋熙宁时，哑女出焉，嗣经毁弃，遗址空存。明弘治十三年，有司因宝云寺逼近鄞之黉宫，请徙于此。至今寺中维卫佛殿犹悬额曰"戒香古迹"。维卫者，哑女也，是为宁郡三佛殿之一。至顺治十年，尼僧真如不忍佛像倾圮，栋宇崩颓，即其旧址更新焉，请于郡守杨公。众相议曰："是古戒香旧寺也，今获真如重建，戒香之事已定，曷不更戒香为定香？"康熙六年，前守崔公批准立碑，其所由来，历历可据。迄今又百余年，一切经营量度渐就荒芜，传至法嗣宗学，茕茕数尼，托钵不支，赖其苦心持戒，众心皈依，相与倾囊抛杖，光复旧业，增置田园。在昔哑女婉娈丱角，喑不能言，惟日持帚，垂臂跣足，晨粥午饭，

每拾芥淬馅余。今宗学八岁削度为僧，其状貌形迹
与古所传哑女相似，而哑女空灵妙异，卒成正果，
衣钵所传，其在是欤？戒香重光，维卫之幸也。是
为记。

——（清）戴枚等纂修《（同治）鄞县志》卷六十六
《寺观》上

戒香庵

县治东南。旧为尼寺，在竹湖坊。唐大中间
建，名"白檀"。宋大中祥符元年，赐"戒香寺"
额。熙宁间，有维卫佛现哑女身而为说法，铸铜像
事之。明初寺废。弘治间，徙建宝云寺于其址，超
灵修复，结庵以存旧迹。（《闻志》）哑女化后，瘞
于南郊柳亭庵。（节录昙噩《哑女传》）见"柳亭
庵"下。

《铜像缘记》(略)

戒香寺铜佛像者，不知何代有也。惟本寺老尼法智传言，此像乃先师历代供奉。祖述遗语：昔有人迎置寺，云："某，广东人，事佛。一日天时晚，忽有总角女子负铜一包到家，言：'欲铸佛一尊，貌欲似我，送去浙东明州府戒香寺供养。'言讫而去。家人置于堂中桌上。次晓，但见此铜化为佛像在桌，貌似寄铜女子无异。因觉是佛神力，自行现化。于是如其言，询送至此。即考钟伐鼓，奉延瞻礼，颜貌俨似向日本寺哑女也。"信知维卫佛自行设化无疑矣。

自宋以来，经毁者凡四，唯有铜像于煨烬中不坏。兹因佛像出处逾久而失其真，故述其概，书之传后云。

明宣德四年（1429）三月三日，宝云讲寺住山法宏撰。（全文载《敬止录》）

——（清）徐兆昺著《四明谈助》卷二十二《南城诸迹》

柳亭庵

甬水门外里许。唐天复间，僧鸿绍创建柳亭。有王公建庵栖之，本郡柳刺史见白光一道，因寻见僧，又建柳亭塔院。宋元祐间，周锷瘗哑女于此。后又见之京师。归，发而视之，则空棺存焉。……

维卫塔

哑女，莫详其姓氏。宋熙宁中，见于明州之戒香寺。年可十七八，状媸恶，双鬟垂耳后，身服疏布，曳手跣足，行市井间。所至，以容之喜惨定凶吉，多验。在寺惟持帚扫地而已。

中大夫周锷居月湖西，方治举子业，屡至其家。一日，趣装应举，女大笑，作长短句饯行，云："风波未息，浮名虚利终无益。不如早去陪蓑笠，高卧烟霞，千古企难及。 君今既已装行色，定应雁塔题名籍。他年若到南雄驿，玉石休分，徒累卞和泣。"锷袭而藏之。寻归寺，长呼而逝。锷为具棺瘗之柳亭。后见之京师，惊问曰："汝哑女耶？"挥手不答，骤步去。锷后果如南雄，以言边事忤时相，入党籍。

卫开客洛阳，遇李士宁曰："公乡里哑女者，过去维卫也，子可归礼之。"比归，已化。明年游钱塘，寓书吏陈式家，见群儿数十执幡盖，拥一尼童入门，哗传曰："哑，哑，哑。"开惊顾，女辄书偈，掷笔径去。开复追问小儿："哑女何人？"曰："维卫佛也。"又问："儿等何人？"曰："问取哑女。"忽俱不见。

乡士卫开于洛阳旅邸遇一道人，谓开曰："公乡哑女者，维卫佛也。若归，可往礼拜。"比归，访之戒香，已化矣。以不及见为恨。明年过钱塘，寓书吏陈式家，见小儿数十，拥一尼童，入门哗然，曰"哑，哑，哑"。开惊顾，女索纸笔书曰："须弥山上摆铎，大洋海底摇铃。若问哑女姓字，只此便是真名。"出门径去。追问小儿，忽俱不见。（《戒香寺哑女传》）

四明古号"三佛地",以阿育王之释迦舍利、戒香之哑女维卫、岳林之布袋弥勒也。(《闻志》)

万季野《竹枝词》：

> 背郭茅庵字柳亭，一丛竹木喜青青。
>
> 若言哑女当年事，不信人间怪物生。[1]

注　释：

[1] 原诗注：南郭柳亭庵，祀维卫佛。相传宋时有哑女，能知未来事。一旦，无病而逝。后有人见之，云即维卫佛。庵，其埋骨处也。

——（清）徐兆昺著《四明谈助》卷三十《西郭南郭》

四、云石唱和诗 *

云石

陆宝

瘦骨独稜然，苍坚积有年。

侵街余此顶，涌地仅如拳。

质岂销荒砾，根应蛰下泉。

叱为羊不动，射入虎长眠。

但受墙萝扫，何嫌溜水穿。

坐来微患仄，行者未窥全。

滑甚倚龟背，低难及羲肩。

久依莲社衲，以待竹林贤。

秀引雕鞍驻，滋含皂盖鲜。

坼栽花渐密，池甃月初圆。

* 明清时宁波文人的云石唱和诗，主要辑自宁波市天一
  阁·月湖景区管理委员会组织编纂，龚烈沸编辑《天
  一阁·月湖历代诗词汇编》，宁波出版社 2019 年版。

《云石会传奇》校注

气聚堪蒸雨，功成待补天。

佟谈员峤胜，近在国门边。

——《四明月湖陆氏宗谱》卷十

云石

周昌晋

明山何崒嵂，分派随所寄。

卷石出道旁，山体宛然备。

在易卦曰谦，山乃藏于地。

虽无数仞形，而有凌霄志。

正如茹芝叟，商山潜绮季。

又如卖浆翁，混迹居廛肆。

物色既不及，吟鞚亦鲜至。

落落天地间，孤贞出群类。

因兹片石存，云名从古寺。

谁其阐幽光？拂拭惟循吏。

雪浪自眉山，异代称韵事。

介节具典型，旷怀狎薜荔。

问石了无言，坐对领其义。

长空淡孤云，于焉发深喟。

——《续甬上耆旧诗》卷四十五

云石

周昌时

明山高亿丈，旧以山心尊。

此石住城市，千载乃隐身。

一为米公赏，不能避世人。

妍媸在流俗，何以葆天真？

石丈曰无碍，缘兹出埃尘。

予名虽标榜，予骨自嶙峋。

潜确其不拔，洵乎龙之神。

爰栖物外意，城市若山林。

——《续甬上耆旧诗》卷三十一

云石

董守谕

客曰：石胡为乎来哉？镇岭五尺土中灰。

中有一线亘宝云，李太守者培其坯。

吾知浅凸低兀亦有意，宝云旧名宝石才。

予曰否否。石胡为乎来？

临川作令酷好奇，洗涤山川知未知。

千搜万索不曾道，宁有胜事遗于斯，噫唏嘘今知之。

君不见姑臧城南一片石，洛阳铜驼隔咫尺。

诸公皆鼠石为龙，七十二峰负巾帼。

又不见阿么余分色正紫，有石浮江入扬子。

地连牛女参其墟，大业当家亦尔尔。

予欲补七观之遗、半山之湮，

特书宋五问词人，此石之出非无因。

——《续甬上耆旧诗》卷二十

云石

范兆芝

老石千年不受洗，自甘晦迹颓墙底。

根委由来不易窥，中应妙具丘壑理。

叹尔兴云出雨资，如拳偶露风尘里。

未许玩弄置之盆盎前，止堪炼取一片补青天。

——《续甬上耆旧诗》卷五十七

云石

闻性善

天风吹落招提侧，谁劚寒烟露藓根。

半岭几重峰作路，两湖一片石为尊。

颠翁下拜宁辞雨，哑女高眠懒出门。

自此官奴知故迹，宝云曾覆洗头盆。

——《续甬上耆旧诗》卷六十九

云石柬乔子文衣（二首）

闻性道

其一

日日置身丘壑内，何来选石问湖干。

烟埋冻骨干岩瘦，云压孤峰半月寒。

怪我衡山因虎豹，迟君海岳领旃檀。

谁知落落无言者，消得幽人破雨看。

其二

星落惟南还好雨，半泓残溜洗云根。

身因多晦名常逸，质以无厓道益尊。

肯许奇踪留镜水，何妨长啸当苏门。

萧疏淡抹寒山影，北苑倪迂共一盆。

——《续甬上耆旧诗》卷六十五

再咏云石十绝

闻性道

郡城有双湖而无山，惟此石在宝云寺左。埋没既久，同参军内丘乔文衣钵购基修复之。

一

明城周廿里，一尺小峨眉。

况突重湖侧，何妨当九疑。

二

瘤佛华山去，携来玉女盆。

濯莲应有蒂，荡月岂无痕。

三

独得孤松峙，曾无半壑溅。

安知丘谷改，于佛未生时。

四

点首三韩席，南湖派老瞿。

当时乞食罢，此地覆山盂。①

五

天姥醉长庚，梦中沥五岳。

炼魄欲循墙，依然露圭角。

六

肯作千人坐，无嫌一矸微。

寸心原有石，长傍宝云飞。

七

石生人则见，石烂佛能闻。

愿借手中帚，凭予扫乱云。

八

此身四明中，此心太行麓。

幸遇白石翁，为开石眉目。

九

有水湖寻骨，无云石乞衣。

此心凭夜月，呼石唤云归。

十

古寺分桯叶，春灯计石钱。

惟留岘首字，不上郁林船。

——《续甬上耆旧诗》卷六十五

注　释：

① 原诗注：谓三韩僧义通也。

云石

陆遴

拳石半埋怜物色，何缘此日识参军。

居然城市成奇隐，犹恨苍苔露锦纹。

冰骨但沾三昧雨，灵根不断四明云。

当今岂必无颠米，尽有新诗动石氛。

——《续甬上耆旧诗》卷七十

云石

张鸿儒

新雨沐春林，取径寻苍壁。

欲作穷山游，来问禅公石。

突兀隐湖坡，层峰露片脊。

奇质本无文，怪色犹如碛。

知是石窗棂，飞入牟尼席。

恒负霜雪姿，不惜藤萝襞。

结伴拾云根，同效云林癖。

浣濯谢知音，酕醄竟晨夕。

——《续甬上耆旧诗》卷一百〇二

云石

包圣翼

不借山泉细，宁求道路知。

半生惟丘壑，一石露眉须。

瘦影云峰外，初痕月破时。

何人多载酒，春日好催诗。

——《续甬上耆旧诗》卷一百〇二

云石

郭镳

我闻仙人煮石不煮云，五色炼成天亦补。

更闻泰山云凝一寸肤，澍雨崇朝遍下土。

是知为山之石者，云之母也云之父。

有云变石亦寻常，变石为云但宾主。

为看戒香古寺东，云石盘盘似□□①。

卧冷云窝千百年，世人题石等瓦釜。

由来殊质悲沦弃，鬻向邻家营半堵。

尘泥隐现古复今，抱得云心终不腐。

五岳真形篆方寸，呼吸直由通帝所。

正逢云石开云气，抱拜狂呼蹈且舞。

呼朋为洗石尘蒙，香醪百解浇地腑。

惟叹彼云石之英，待人而灵，待时而举。

吁嗟！沧桑世局如云变，埋石千年化为女。

将欲腾石于霄汉之间，亦复浮空映碧若霞屿。

足濯青海背负天，嘘气若云云作雨。

江乡云雾天地连，三片茫茫在何处？

飞来峰前日影西，大石起□ [2] 仰而俯。

大笑维卫诚哑佛，不能使石点头、顽石光成炬。

我今作诗洗云石，洗石为云行记取。

为语颠生知不知，哑女能言石应语。

注 释：

① 似□□：《四明谈助》作"以拒拒"。

② 大石起□：《四明谈助》作"大石起立"。

——《续甬上耆旧诗》卷一百〇二

云石

闻珙

古寺于何访大雄？丈人突兀隐墙东。

巨灵莫问飞来后，仙子相忘叱起中。

苔护雨声头不点，尘迷月影质堪攻。

从兹盘错清和酒，洗石碑题百尺丰。

——《续甬上耆旧诗》卷一百〇二

云石

闻玠

岁月相忘顽石口，忽看清影落湖滨。

论文未许烟霞涸，载酒寻云莫放春。

——《续甬上耆旧诗》卷一百〇二

云石

朱政

拟前因所植之根，或后果未山之石。

虎可射，羊可叱；

醉可倚，煮可食。

都作零碑断鼓观，之石具根转不得。

一脉斜通厘市空，孤峰倒插莲池碧。

假令鬼斧削其泥，巨鳌展其力，

拜丈兮骤议登堂，敕公兮永辞面壁。

客谓助长而变盈，答以用谦而受益。

松云深处望三生，色相禅心今异昔。

——《续甬上耆旧诗》卷一百〇二

云石

管圣文

石兮石兮何嶙峋，

上有万古祥云如车盖，下有三山巨鳌之逡巡。

前有四明芙蓉以乱插，后有九江霜雪而锦粼。

毓灵摄端居人下，夜散云霞度碧空。

明月不知人事去，寒烟直挂天河东。

骑羊化鹤千载前，泰山培塿总如传。

我且拓拔污泥之异胜，与尔共拄东南天。

东南天去如咫尺，九点烟鬟来盘□。

一杯海水难染指，吁嗟天地弹丸子。

——《续甬上耆旧诗》卷一百〇三

云石

庄上驷

奇迹隐沧海，谁人肯自湔。

烟聋不易点，云滑漫加鞭。

巵酒供怀古，新诗足寿年。

菱池还有愿，片石与君传。

——《续甬上耆旧诗》卷一百〇三

云石

史锡衮

闲石与云居，东连沧海余。

漫随山雨破，一片卧蟾蜍。

——《续甬上耆旧诗》卷一百〇三

云石

杨体元

堇水千山万山出，峰峦层层达平陆。[1]

结脉乃在寸壤间，闾巷环回覆颓屋。

屋前如箕复如掌，古水荒渠日相荡。

风雨能无洗灌劳，浮屠绀殿封蛛网。

何来乔子情最痴^②，呼朋洗石索题诗。

拓基置亭聚松竹，风流雅韵君能笃^③。

我来正值秋风时，相邀把臂挥金卮。

传奇更演维卫像^④，几筵肃穆歌声上。

人生聚散未可期，沧桑改换今如斯。

百口劳劳更何有，此事怜君垂不朽。^⑤

注 释：

① "董水"二句：《四明清诗略》作"仗锡之山断不续，蜿蟺扶舆下平陆"。

② 情最痴：《四明清诗略》作"情偏痴"。

③ "风流"句：《四明清诗略》作"风流好事君能为"。

④ "传奇"句：云石名于杜言，余太常寅载其事于《省心录》，合戒香与哑女为传奇。

⑤ "百口"二句：《四明清诗略》作"万岁劳劳更何有，不如此石长不朽"。

——《续甬上耆旧诗》卷一百○三

云石

余潘

市人筑室藏青山，千年负墙无知己。

自埋名姓为荒民，菱角龟折聋两耳。

懵然忽被三佛觉，天童太白供奴仆。

朝朝道前看行人，更有诗人亦碌碌。

今年结社洗石身，写尘眉断苍苔亲。

官锄不费一民钱，还给官钱买石邻。

——《续甬上耆旧诗》卷一百○六

云石

全祖望

四明万山，朝宗湖南。

结为一卷，其光蔚蓝。

万山非伙，一卷非小。

肤寸之云，足周八表

嗟兹神物，谁为主人？

时时被除，涤彼尘氛。

永保黄发，春光不夜。

长共天根，以镇枌社。

——（清）全祖望《句余土音》卷上

云石歌

李立群

云石之云高接天，云石之石仅一拳。

每当阴雨氤氲布，绝妙此景难言传。

初看一缕石罅出，轻软正如兜罗绵。

近从宝云寺门绕，远与庆云楼阁联。

　间以虹桥虹，杂以烟屿烟。

镇明之岭失其麓，天封之塔藏其巅。

虽非石窗之石开四面，二十里云相盘旋。

恍如蠡池之蠡倏嘘气，楼台缥缈当空悬。

　忽舒忽卷，或断或连，

　去若行空马，来若戾天鸢。

无翼而飞不胫走，岂有神灵为着鞭。

须臾云收忽晴霁，红日照耀相新鲜。

吁嗟此石非凡质，独抱云心千百年。

个中妙具丘壑理，肯容晦迹颓垣边。

搜奇访古情难已，下拜直欲效米癫。

呼丈呼兄不我应，握管为歌云石篇。

——《四明清诗略》卷二十五

主要参考文献

1.（清）包燮撰：《云石会传奇》，载《古本戏曲丛刊五集》，上海古籍出版社 1985 年版。

2.（宋）胡榘修，（宋）方万里、（宋）罗浚纂：《（宝庆）四明志》，载杨明祥主编《宋元四明六志》，宁波出版社 2011 年版。

3.（宋）释志磐撰，释道法校注：《佛祖统纪校注》，上海古籍出版社 2012 年版。

4.（元）马泽修，（元）袁桷纂：《（延祐）四明志》，载杨明祥主编《宋元四明六志》，宁波出版社 2011 年版。

5.（明）杨寔纂：《宁波郡志》，载宁波市地方志编纂委员会整理《明代宁波府志》，宁波出版社

2013年版。

6.（明）周希哲修，（明）张时彻纂：《（嘉靖）宁波府志》，载杨明祥主编《明代宁波府志》，宁波出版社2013年版。

7.（明）高宇泰：《敬止录》，载《北京图书馆古籍珍本丛刊》第28册，书目文献出版社2000年版。

8.（明）周齐曾：《囊云文集》，民国四明张氏约园刊本，《四明丛书》第四集。

9.（清）谢泰宗：《天愚先生诗钞》，清康熙四十五年刻本。

10.（清）魏裔介：《兼济堂诗集》，清康熙三十九年刻本。

11.（清）胡文学：《适可轩诗集》，清康熙十二年李文胤刻本。

12.（清）汪源泽修，（清）闻性道纂：《（康熙）鄞县志》，清康熙年间刻本。

13.（清）李廷机修，（清）左臣黄、（清）姚宗京纂：《（康熙）宁波府志》，载宁波市地方

志编纂委员会整理《清代宁波府志》，宁波出版社
2014年版。

14.（清）曹秉仁修，（清）万经等纂：《（雍正）
宁波府志》，载宁波市地方志编纂委员会整理《清
代宁波府志》，宁波出版社2014年版。

15.（清）钱维乔纂修：《（乾隆）鄞县志》，清
乾隆五十三年刻本。

16.（清）戴枚等纂修，张如安点校：《（同治）
鄞县志》，浙江人民出版社2020年版。

17.（清）全祖望辑，沈善洪、方祖猷、魏得良
等点校：《续甬上耆旧诗》，杭州出版社2003年版。

18.（清）蒋学镛纂《鄞志稿》，载《四明丛书》
第三集，广陵书社2006年版。

19.（清）徐兆昺：《四明谈助》，宁波出版社
2003年版。

20.包礼忠等重修：《甬东包氏宗谱》二十卷，
民国六年丁巳（1917）版。

21.李英芳主编，河南省博爱县志编纂委员会编
纂：《博爱县志》，中国国际广播出版社1994年版。

22.（清）林葆恒辑，张璋整理：《词综补遗》，上海古籍出版社2005年版。

23.张如安、张萍主编：《宁波历代文选（戏曲卷）》，宁波出版社2013年版。

24.宁波市天一阁·月湖景区管理委员会组织编纂，龚烈沸编辑：《天一阁·月湖历代诗词汇编》，宁波出版社2019年版。

25.宁波市天一阁·月湖景区管理办公室编，张如安、李亮伟选注：《天一阁·月湖诗词精选注释》，浙江古籍出版社2023年版。

后记

三百七十多年前，月湖边曾经有一块奇石，名"云石"。甬上文人们为它酾酒吟诗，如痴如狂，还为它创作了一部戏曲——《云石会传奇》，编排上演，成为宁波城的一场文化盛事。今天，这部沉寂已久的戏曲将重现世间，焕发新的光彩，成就一段新的传奇。

千年月湖　忽缀苍山一点

云石位于月湖东南岸，大概的位置在今天镇明路小学南面的云石街上。云石，因阴雨天气每有云气缭绕而备显神秘。关于云石的记载，最早见于明代宁波人太常寺少卿余寅所著《省心录》，可惜该书并未流传下来。明嘉靖《宁波府志》对云石亦有提及。到了清顺治庚寅（1650）冬天的时候，云石已被遗忘多年，宁波府经历乔钵听朋友闻性道说起后，立即冒雨寻访云石，并召集陆宝、周昌晋、董守谕、周容等甬上名士，在云石旁的宝云寺诗酒集会，为寻得的云石灌洗、赋诗。巡海观察（海道副使）王尔禄，知府杨之枘闻知后也专门为云石题诗。宁波府经历司特意将当时的"文化大咖"们为云石创作的诗刻印成集，流传后世。因云石所处逼仄，官员们还捐俸拓宽云石周边，兴建凉亭，种植松竹，让这块奇石成为城中一景。

一块石头，何以让宁波府官员和文人们如此大张旗鼓，如醉如痴？原来，云石对月湖意义非凡。月湖是宁波城市母亲湖，是城市千年文脉所系。可惜湖边无山，虽有北宋时垒土而成的镇明岭，然而终非天然山脉。于是，云石的出现"使千秋烟水泊前，忽缀苍山一点"，诗人们欣喜若狂，顿感"镇明之岭失其麓，天封之塔藏其巅"。

云石并不高大，这从《云石》诗中即可看出。但云石虽小，却"卷石出道旁，山体宛然备"。尤其神奇的是，一到阴雨天气，就有云气氤氲笼罩其上，"初看一缕石罅出，轻软正如兜罗绵。近从宝云寺门绕，远与庆云楼阁联"。云石从何而来？闻性道编撰的清康熙《鄞县志》说，云石地底之脉从锡山而来，沿镇明岭融结于此。诗人们则将其想象为四明山的飞来之石，亦或是北宋明州知州李夷庚筑镇明岭时，就已孕育其中。于是，云石在诗人们眼中，俨然是一位大隐隐于市的智者，是可为之下拜的"石兄"，是"气聚堪蒸雨，功成待补天"的神石。一百年后，史学大家全祖望更是将云石比作"四明万山，朝宗湖南"的万山之宗，"肤寸之云，足周八表"的仙家之石，"长共天根，以镇枌社"的镇城之宝！

妙笔千钧　诞生云石传奇

云石的发现，诞生了一部以云石为创作主题的文学作品，这就是今天鲜为人知，却有着极其重要价值的——《云石会传奇》。《云石会传奇》以影印本的形式收录于《古本戏曲丛刊》。《古本戏曲丛刊》是20世纪 50 年代由郑振铎先生主持编辑，迄今为止最大的戏曲作品总集，留存于世的大部分戏曲孤本、珍本尽在其中。十余年前，宁波大学人文与传媒学院张如安教授和张萍副教授，从中选取整理了宁波籍或寓居宁波的文人创作的三十一部戏曲，汇编成《宁波历代文选（戏曲卷）》(宁波出版社 2013 年出版)，并进行了部分点校整理，其中三十六出的《云石会传奇》点校了两出。

《云石会传奇》正文前有三篇文章和二十四幅插图。这三篇文章分别是《〈云石会传奇〉跋》《〈云石会传奇〉序》《〈云石会〉因》，对这部传奇的创作始末做了详尽的介绍：1650 年冬，闻性道与几位好友饮酒时，向友人们道出了云石的秘密，于是就有了乔钵牵头的云石盛事。乔钵还邀请闻性道为云石作一部传奇，闻性道将此事交于好友包燮，包燮是宁波诗人、戏曲家。《云石会传奇》创作完成后，乔钵大喜，称赞其是"文人幻笔妙有千钧"，命优伶排练演出。1651 年秋天，《云石会》正式上演。

闻性道何许人？为何知道有这样一块奇石？闻性道是宁波人，家住月湖，乃明代诸生，入清后坚守遗民身份，清康熙十七年（1678）又力辞博学鸿词科推荐。闻性道曾纠正明代张时彻编纂的嘉靖《宁波府志》中的错误并写成一书，清初浙东诗文大家李邺嗣称赞他"博而严，辩而能断，真史才也"。他精于史事，熟悉地方掌故，又住在月湖边，因此知晓别人并不知道的云石的秘密，是完全有可能的。

主导云石文化盛事的乔钵，也是一位颇具文化旅游思维的官员。乔钵（1605—1670），字文衣，号子王，直隶内丘（今河北省内丘县）人，明末贡生，入清后历任宁波府经历、湖口县知县、剑州知州等职，沉毅英爽，勤于政事。在剑州时，设禁令保护剑门蜀道上的古柏，还是今天四川名胜——古蜀道"翠云廊"的命名者，被誉为皇柏古道最早的"导游"。

孤本传世　敷演城市文脉

《宁波历代文选（戏曲卷）》中的三十一部自元至清的戏曲，囊括了宁波历史上绝大部分戏曲作品。这其中与宁波文化有关的仅两部，一为《云石会传奇》；

一为清雍正年间孙埏所作《锡六环》，讲奉化岳林寺布袋和尚的故事。与宁波城市历史文化相关的，无疑是《云石会传奇》。《云石会传奇》融入大量的宁波人文典故、景观风物、社会百态，是一部为城市"定制"的文学作品，也可称为现存唯一一部专为宁波城市而作的古代戏曲作品。

张如安教授也是浙江省、宁波市文史研究馆馆员，宁波文化研究会会长，宁波月湖文化研究院名誉院长，他认为："包燮编创的《云石会传奇》以云石为主线，将其与宁波佛教哑女故事串联起来，且融入宁波城市的社会百态，既浪漫又现实，既曲折又生动，堪称现存唯一一部敷演宁波城市故事的古代戏曲。《云石会传奇》牵今拉古，结构巧妙，词藻典雅，且以宁波人演宁波事，又由宁波演员排练演出，殊为难得。该剧长期来以孤本行世，弥足珍贵。"

《云石会传奇》创作于清顺治八年（1651）春，正处于一个极为特殊的历史时期。这一年也是浙东抗清斗争最为关键的一年。以宁波为中心的浙东地区是历时最久、斗争最烈、参与士人最多的地区之一。云石文化活动的参与者闻性道、包燮、陆宝、周昌晋、周昌时、董守谕、周容……就是有民族气节的明朝遗民代表。江山易主，生灵涂炭，满目疮痍，故国安在?《云石会传奇》借剧中维卫佛之口，隐晦地道出了遗民们的亡国之痛："乱轰轰胡马儿杀过，尽头遍愁烟毒霾。单留这明月绛台，须有日愁云解，毒雾埋，大地山河改。"

宝珠重光　再谱今日华章

自顺治年间云石文化盛事之后，时日渐久，云石又被湮没了。到了乾隆庚子年间（1780），云石再次重见天日。民国时，云石还成为宁波城内十景之一。20世纪50年代初，云石也许尚在。宁波文化丛书《万里丝路》（宁波出版社2002年出版）有这样一段文字："有人称（云石）'新中国成立初尚存，（宝云）寺前有云石池，池中有云石露出水面，时人认为是宝石，池畔还建有一亭名'云石亭'。"然而今天，云石已不知其踪，只留下云石街的名字令人怀想。

云石虽然难寻，所幸因之诞生的《云石会传奇》还在。昆曲是明朝中叶至清代中叶戏曲中影响最大的声腔，风行南北。《云石会传奇》的编写，也正是以昆曲的形式，选字求丽、择句务雅，可谓文藻斐然。《云石会传奇》文字的洒脱雅致，格律的严整典丽，情节的跌宕起伏，配以昆曲"水磨调"的婉转悠扬，可以想见，当年是一场多么精彩的演出！王国维先生在《宋元戏曲史》中谈论戏曲的价值时说："考古者征其事，论世者观其心，游艺者玩其辞，知音者辨其律。"《云石会传奇》可谓兼具这些价值，其珍贵不言而喻。传奇留世，千不存一，是上天对宁波的眷顾，将这部传奇留在世间。

当时间步入新的时代，这部沉寂已久的《云石会传奇》终于拂去尘埃放射出璀璨光彩。宁波市天一阁·月湖景区管理办公室（以下简称景区管理办）在系统挖掘月湖文化的过程中，注意到这部对月湖、对宁波极具历史文化价值的戏曲作品，经过深入研究，于 2021 年 9 月 7 日在《宁波日报》上专版刊登了《宁波云石街上的那块神奇云石，催生了 370 年前一桩文化盛事》一文，引起社会各界广泛关注。为更好地弘扬宁波优秀传统文化，景区管理办邀请张萍副教授，对《云石会传奇》进行点校注释，并将繁体字转化为简体字方便阅读，由此有了这本《〈云石会传奇〉校注》。张萍副教授对浙东学术文化有着深入的研究，在校注古本的同时，还将多年来的研究成果和搜集整理的资料悉数纳入书中，不仅极大地丰富了本书内容，也为读者了解时代背景、地域文化、城市人文提供了更多信息。景区管理办非常荣幸地邀请到中国艺术研究院戏曲研究所所长、中国戏曲学会会长王馗先生作序，作为戏曲领域的专业大家，王馗先生所作的序兼具专业性与启发性，为本书增色不少。文化艺术出版社的老师们做了细致的编辑校对工作，使本书得以高质量出版。在此一并表示感谢。

在本书策划出版期间，景区管理办的同仁们上下齐心、共同努力，保证了此项工作的顺利进行。据此改编的戏曲不久后也将精彩登场。

"【渔家傲】奇石一拳天地小，片云不放千秋宝。尘蒙欲倩东风扫，何肯了，樽前酒色临春草。行处不知眠处老。人生有几昏和晓？贺家明月归来早，凭谁道，一湖都付渔家傲。"（《云石会传奇》第一出"石因"）在这个回荡着大诗人贺知章读书声的月湖之畔，我们相信《〈云石会传奇〉校注》的问世，将吸引更多的读者关注月湖，关注宁波文化。和重现人间的《云石会传奇》一样，千年月湖也必将焕发勃勃生机，迎来百花争艳的春天。

宁波市天一阁·月湖景区管理办公室

2024 年 9 月 20 日